반반
무많이

반반 무 많이

서해문집 청소년문학 016

초판 1쇄 발행 2021년 9월 5일
초판 5쇄 발행 2023년 11월 10일

지은이　　김소연
펴낸이　　이영선
책임편집　김종훈

편집　　　이일규 김선정 김문정 김종훈 이민재 김영아 이현정
디자인　　김회량 위수연
독자본부　김일신 정혜영 김연수 김민수 박정래 손미경 김동욱

펴낸곳 서해문집 | 출판등록 1989년 3월 16일(제406-2005-000047호)
주소 경기도 파주시 광인사길 217(파주출판도시)
전화 (031)955-7470 | 팩스 (031)955-7469
홈페이지 www.booksea.co.kr | 이메일 shmj21@hanmail.net

ISBN　979-11-90893-93-0　43810

이 책은 서울특별시, 서울문화재단 '2021년 창작집 발간 지원사업'의 지원을 받아 발간되었습니다.

서해문집
청소년문학
016

반반 무 많이

김소연 소설집

서해문집

★ ★ ★ ★ ★ ★ ★

차 례

★ ★ ★ ★ ★ ★

고구마 보퉁이

오늘이 며칠인지, 무슨 요일인지 가늠할 길이 없다. 내가 어림잡는 숫자는 우리 동네에서 피란을 나온 후 해가 떴다 저문 횟수다. 서른 번은 더 된 것 같고 쉰 번은 아직 안 된 것 같다. 천안에서 대전으로, 대전에서 영동을 거쳐 김천을 지났다. 그사이, 내 발은 몇 번씩 까졌다 아물고 다시 벗겨졌다. 굳은살이 박이기를 반복하더니 지금은 오른쪽 엄지발가락에 물집인지 고름인지가 잡혀 후끈후끈 열을 뿜는다. 아프진 않으냐고? 그런 건 물어봐야 입만 아프다. 한 발자국 내디딜 때마다 못으로 찌르는 것 같다. 하지만 내색하진 못한다. 발가락에 고름 좀 찼다고 징징거릴 만큼 한가한 세상이 아니다. 길가마다 죽어 넘어진 사람들 시체가 끝도 없이 이어진다. 옆에서 걷던 사람 숨이 꼴깍 넘어간대도 곁눈질 안 하고 걷던 길을 걷는 게 피란길이다. 열세 살밖에 안 된 사내아이지만 그 정도는 누가 가르쳐 주지 않아도 저절로 알게 된다.

해가 진 지 좀 되었다. 공기는 여전히 감자 찌는 솥 안처럼 습하고 뜨겁다. 좀 전에 쏟아진 소나기 때문이다. 땡볕에 달궈진 땅에 물이 뿌려지자 김이 무럭무럭 솟아올랐다. 소나기가 그쳤어도 구름은 아직 다 걷히지 않은 모양이다. 이제 세상은 칠흑처럼 어둡다. 눈앞은 캄캄하고 입안은 답답하다. 발은 터질 듯 아프고 배는 신물만 가득 차 쓰리다.

"엄마, 오늘은 어디서 자?"

내가 쥐어짜듯 물었다. 앞서가던 엄마가 걸음을 멈추었다. 그리고 보이지도 않는 주변을 두리번거렸다.

"영진아, 저쪽으로 가 보자."

엄마는 어둠 속에 좀 더 짙은 어둠이 웅크린 곳을 가리켰다.

"앗! 집이다."

언제나 그렇듯 엄마의 감이 맞았다. 거기엔 폭격을 맞아 반쯤 부서진 초가 한 채가 서 있었다. 엄마는 부엌으로 들어가 아궁이 근처를 손으로 더듬었다.

"있다!"

엄마의 낮고 생기 어린 목소리와 함께 칙, 성냥불이 켜졌다. 순간 엄마와 내 얼굴이 짧은 빛 속에서 일렁였다. 엄마는 불빛에 비치는 내 얼굴을 확인하더니, 먹을 게 뭐 없을까? 혼잣말로 웅얼거렸다. 그리고 성냥불을 다시 밝혀 부엌 뒷문으로 나갔다. 나도 따라 집 뒤뜰로 나섰다. 구름에 가렸던 달이 환한 얼굴을 내밀었다.

"와! 이게 다 뭐야?"

하얀 달빛 아래, 뒤란 텃밭이 고스란히 드러났다. 텃밭은 반 넘게 움푹 패었다. 폭탄이 떨어진 게 틀림없다. 거기에 소나기 빗물이 고여 물웅덩이가 되었다. 나머지 반은 잎 덩굴이 무성하게 얽혀 있었다.

"엄마, 이거 고구마 아니야?"

내가 달빛에 비친 잎줄기를 들어 올리며 말했다. 엄마는 대답 대신 줄기 하나를 힘껏 잡아당겼다. 투두둑, 줄기 끊어지는 소리가 맥없이 들린다. 아까 내린 비로 땅이 찰지게 뭉친 탓이다. 마른 땅이었으면 줄기를 따라 고구마 한두 개는 쉽게 딸려 올라왔을 거다. 엄마는 손에 든 줄기를 내던지고 주저앉았다. 나는 맨손으로 땅을 헤집는 엄마의 등을 밍하니 바라보다 아차, 싶어 덤벼들었다. 우리는 허겁지겁 고구마를 캐냈다.

"이쪽으로는 피란민이 안 지나갔나?"

엄마는 고구마를 웅덩이 물에 씻으며 중얼거렸다. 먹음직한 놈을 열 개도 더 캤다. 엄마는 얼른 부엌으로 들어가 고구마를 솥에 안쳤다. 구들장이 내려앉고 천장에 구멍이 뚫린 방에서 엄마와 나는 찐 고구마로 허기를 채우고 잠이 들었다.

얼마나 잤을까? 멀리서 쿵쿵하는 대포 소리가 울렸다. 잠에서 깬 나는 방 안을 두리번거렸다. 옆에 자고 있어야 할 엄마가 없다.

순간 등줄기에 식은땀이 쭉 솟는다. 엄마가 날 버리고 간 걸까? 피란길에서 숱하게 보았던 아이들 얼굴이 떠오른다. 부모를 놓치고 미아가 되어 얼굴이 새파랗게 질려 울던 아이들. 나는 방을 박차고 나왔다. 날이 부옇게 새고 있었다. 무작정 길가 쪽으로 뛰려는데 등 뒤에서 소리가 들린다. 흙을 파헤치는 소리에 나는 얼른 뒤뜰로 돌아 들어갔다. 엄마가 웅크리고 앉아 고구마를 캐고 있었다. 엄마 옆에 고구마가 작은 더미로 쌓여 있었다. 엄마를 잃어버리지 않았다는 안도감과 동시에 짜증이 확 치밀어 올랐다.

"다 가지고 가지도 못할 건데."

엄마 뒤통수에 대고 볼멘소리를 했다.

한시라도 빨리 대구로 들어가야 한다. 거기엔 엄마의 사촌 남동생, 그러니까 내게는 오촌 아저씨뻘이 되는 분이 살고 계신다. 그 집까지만 가면 엄마와 나는 무사할 수 있다. 어제 김천을 지나 성주로 들어왔으니 이제 부지런히 걸으면, 하루면 된다. 그런데 갑자기 고구마는 무슨 고구마인가 싶었다.

"딱 하루만 참고 걷자. 딱 하루만!"

어제 아침, 엄마가 이렇게 말하며 부르튼 발 때문에 주저앉은 날 일으켜 세웠다. 하루만 더 걸으면 대구인데, 대구에만 가면 친척 집에서 따뜻한 밥상을 받을 텐데 고구마에 욕심을 낼 이유가 없다. 이런 하찮은 짐 덩어리 때문에 길을 늦출 수는 없는 노릇이었다.

"고구마는 무겁잖아. 그래서 다른 피란민들도 먹을 것만 캐고 내버려 둔 거야."

아픈 발을 꾹 참고 걷는 중이다. 그거 하나 견디기도 버겁다. 거기다 고구마까지 들고 가라고? 자신 없다.

엄마는 도리질을 친다. 고구마는 쪄도 되고 구워도 되고 날로 먹어도 된다며 한마디 덧붙였다.

"하룻길이라지만 어떻게 될지 누가 아니."

그러면서 크고 시뻘건 고구마를 쑥 뽑아 들었다. 아무래도 엄마 고집을 꺾기는 어려울 것 같다.

"영진이 너한테 들라고 안 할 거니까 그만 투덜대."

엄마는 내 속을 훤히 꿰뚫는 것처럼 말했다.

"내가 들기 싫다는 게 아니라 자꾸 걸음이 느려지니까…."

나는 변명처럼 대꾸했다.

엄마가 보퉁이에서 옷가지를 내놓고 대신 고구마를 잔뜩 쌌다. 엄마가 아끼고 아끼느라 마지막까지 버리지 못한 비단 저고리가 땅바닥에 아무렇게나 내팽개쳐졌다. 나는 저고리를 다시 주워 엄마에게 내밀었다.

"이거 도로 집어넣고 고구마 나 줘."

이렇게 해서 우리는 고구마를 한 보퉁이씩 안고 길을 나섰다.

"대구에만 도착하면 산다, 대구에만."

엄마가 주문을 외듯 중얼거렸다. 나 들으라고 하는 소리인지, 엄마 자신에게 하는 소리인지 분간이 가지 않았다. 어쩌면 엄마와 나에게 동시에 하는 응원인지도 몰랐다.

대구는 큰 도시다. 한 번도 가 본 적 없지만 엄마가 그랬다. 대구에는 아직 인민군이 내려오지 않았단다. 엄마는 대통령이 대구에 있으니 절대 점령되지 않을 거라고 했다. 난 피란길을 걷고 또 걸으며 머리가 하얀 대통령 할아버지가 있다는 대구를 상상했다. 대통령이 전쟁을 지휘하는 곳, 그런 곳이라면 국군 아저씨들이 목숨을 바쳐 지켜 줄 것만 같았다. 왜냐하면, 대통령이란 나라에서 제일 중요한 사람이기 때문이다. 그래서일까? 왠지 나도 대구에만 가면 중요한 사람이 될 것만 같았다. 중요한 사람이 되어서 보호를 받을 것만 같았다.

큰길로 나와 다른 피란민 무리와 섞여 걸었다. 사람이 많지는 않아도 긴 줄이 끝도 없이 이어졌다.

"내일이요? 아유, 아직 멀었어요. 하루는 더 꼬박 걸어야 할 걸."

엄마의 물음에 어느 아주머니가 해 준 대답이었다. 순간 고구마 보따리가 더 무겁게 느껴졌다. 당장 먹을 것만 남겨 두고 버렸으면 싶었다. 엄마 꼭뒤에 대고 투덜거렸다.

"엄마, 그냥 보따리 하나는 버리자. 내일 하루만 더 가면 되는데 지금 가지고 있는 거면 일주일은 먹겠어."

엄마는 듣는 척도 안 하고 걷기만 했다. 내가 엄마 등을 한껏 흘겨보는데 저 뒤에서 요란한 소리가 들렸다. 길 저쪽에서 미군을 실은 지프차 두 대가 흙먼지를 일으키며 천천히 다가왔다. 지프차에는 멋들어진 군복을 입은 미국 군인이 다섯 명씩 타고 있었다. 앞자리에 앉은 백인은 검은 색안경까지 쓰고 있었다. 엄마와 나는 차에 치일까 두려워 길옆으로 비켜섰다. 피란 내려오던 중, 충주 어디선가 보았던 광경이 잊히질 않는다. 군인을 가득 실은 트럭이 굉장한 속도로 길을 내달렸다. 사람과 달구지, 자전거가 뒤섞인 피란민 행렬 한가운데로 귀 터지는 경적을 울리며 지나가던 트럭이 그만 사람을 치었다. 커다란 이불 보따리를 머리에 인 아주머니와 그 아주머니의 치마꼬리를 잡고 걷던 사내아이였다. 트럭에 치인 두 사람은 길옆 개골창에 굴러 떨어졌다. 사람들이 우, 몰려들어 개골창을 내려다봤다. 아주머니와 아이는 똑같은 모습으로 엎어진 채 움직이지 않았다. 트럭은 아무 일도 없었다는 듯 제 갈 길로 가 버렸다.

엄마와 내가 허둥거리며 길옆으로 비켜섰다. 그 바람에 보퉁이에서 고구마가 두어 개 땅으로 떨어졌다. 나는 고구마를 줍느라 얼른 고개를 숙였다. 끽! 소리와 함께 지프차가 내 앞에서 멈추어 섰다. 하마터면 고구마 때문에 지프차에 받힐 뻔했다. 그러거나 말거나 그들은 알아듣지 못할 말을 하며 휘파람을 불었다. 나는 지프차가 지나는 길을 방해한 걸 탓하는 줄 알고 가슴이 졸아들었다. 그런데 색안경을 쓴 미군이 셔츠 주머니에서 네모난 상자를 하나 꺼내 내 앞에 흔들었다.

"유어 스위트포테이토 앤 마이 추잉 검 체인지 오케이?"

나는 무슨 뜻인지 알아듣지 못해 멍하니 서 있었다. 그러자 미군이 다른 주머니에서 갈색 종이에 싸인 납작한 막대를 꺼내 흔들었다. 다른 손으로는 고구마를 가리켰다.

"초콜릿 참참?"

그제야 미군이 원하는 게 뭔지 알 것 같았다.

나는 얼른 고구마 보퉁이를 그에게 내밀었다. 미군은 오우, 하는 요상한 소리를 내며 보퉁이에서 고구마 다섯 개를 꺼냈다. 보퉁이를 내게 돌려준 미군은 껌 한 통과 초콜릿 한 개를 보퉁이 위에 올려놓았다. 나도 모르게 입이 함지박만 해졌다. 무거워서 원수 덩어리 같던 고구마가 이런 횡재를 가져다줄 줄이야.

껌과 초콜릿은 피란을 떠날 때, 우리 마을에 찾아온 미군들에게 딱 한 번 얻어먹어 본 적 있다. 미군은 선잠에서 깬 아이들이 울지 않도록 껌과 사탕, 초콜릿을 나눠 주었다. 생전 처음 맛본 그 맛은 잊을 수가 없었다. 한 번도 맡아 본 적 없는 향기와 맛, 그리고 부드러움. 그런 귀한 음식을 겨우 흙투성이 고구마 다섯 개와 바꿀 수 있다니 행운이라는 말밖에는 일컬을 방법이 없다.

처음 초콜릿을 얻어먹은 날, 삼팔선 바로 아래 자리한 우리 마을에 주민 소개령이 내렸다. 사람들은 아닌 밤중에 홍두깨처럼 나타난 미군 트럭에 실려 천안까지 내려갔다. 미군 트럭은 천안역 앞에 우리를 내던지듯 버려두고 떠나 버렸다. 피란 갈 채비도 하지 못한 채 맨몸으로 뛰쳐나온 이들은 망연자실 역 간판만 올려다볼 뿐이었다.

나는 껌 통을 열어 껌 두 개를 꺼내 엄마와 나누어 씹었다. 달콤하고 향긋한 맛이 온몸 구석구석으로 퍼졌다. 발 아픈 걸 잊을 정도로 황홀한 맛이었다.

엄마가 감격에 찬 목소리로 말했다.

"영진아, 단물만 씹어도 기운이 절로 난다, 그치?"

둘이서 마주 보며 웃는데 뒤에서 지프차 경적 소리가 또 울렸다. 순간 내 머릿속으로 이번에는 고구마와 뭘 바꿀까 하는 생각이 스쳤다. 얼른 뒤를 돌아보니 이번엔 국군이 한가득 탄 차였다.

"야! 꼬마. 너 방금 미군에게 준 게 고구마 맞지, 어?"

야단치듯 윽박지르는 소리에 어깨가 움츠러들었다. 고구마와 초콜릿을 바꾼 게 무슨 잘못인가 싶어 눈을 껌박거렸다. 국군은 내 얼빠진 얼굴을 향해 소리를 질렀다.

"우리도 좀 먹게 내놔. 허구한 날 미제 깡통만 먹자니 속이 다 느글거린다."

뒷좌석에 탄 군인이 맞장구를 쳤다.

"그러게 말이야. 찐 고구마에 배추김치 척 얹어 먹으면 꿀맛인데."

나는 얼른 물었다.

"아저씨도 껌 주실 거예요?"

내 말에 국군은 뒤에 탄 동료를 돌아보며 킬킬댔다.

"뭐야? 껌? 요런 맹랑한 놈을 봤나."

국군은 커다란 주먹으로 내 머리에 꿀밤을 먹였다.

"아얏!"

"인마! 어차피 너도 남의 밭에서 허락도 없이 캐 왔을 거 아니야. 도둑질한 걸 값을 쳐서 받겠다니, 아무리 전시 중이라지만 너무한 거 아니야? 난 저 양키들처럼 껌이니 초콜릿이니 그딴 거 없어."

국군은 내 품에 안긴 보퉁이를 오른손으로 와락 움켜쥐었다.

나는 약이 올라 "안 돼욧!" 하는 외마디 비명과 함께 뒤로 물러섰다.

"이 새끼가!"

국군은 욕지거리를 해 대며 왼쪽 어깨에 메고 있던 소총 개머리판을 번쩍 치켜들었다. 순간, 옆에 서 있던 엄마가 내 보퉁이를 빼앗아 내밀었다.

"옜소! 얼른 가져가쇼!"

국군이 보퉁이를 움켜쥐고 다시 지프차에 올라탔다.

"따발총 들이대는 인민군 놈들한테는 밥이고 술이고 다 내주면서 목숨 걸고 싸워 주는 국군만 우습지!"

나는 내 고구마 보퉁이를 가지고 유유히 떠나는 지프차의 엉덩이를 쏘아보았다.

엄마가 그런 날 멀거니 바라보다 한숨을 내쉬었다.

"방금 전까지 버리고 가자고 성화를 부리더니 무슨 짓이냐?"

총 든 군인한테 대들면 죽기밖에 더 하겠냐며 나를 나무랐다.

"버릴 때 버리더라도 도둑놈 누명까지 쓰며 빼앗기고 싶진 않단 말이야."

"전쟁 통에 도둑이 따로 있니!"

엄마 말에 내 입이 꾹 다물어졌다. 엄마도 나도 서로를 향해 화낼 일이 아니었다. 그런데 서로에게 화풀이를 해 대고 있었다. 엄마는 다시는 그러지 말라고 다짐에 다짐을 놓았다.

"알았어."

한풀 꺾인 내가 기어들어 가는 목소리로 대답했다.

엄마는 나를 위로하는 건지, 스스로를 위로하는 건지 알 수 없는 말을 중얼거렸다.

"그래도 한 개만 빼앗겨서 다행이다."

날이 저물었다.

엄마와 난 큰길에서 빠져나와 잠을 잘 곳을 찾아 헤맸다. 산 쪽으로 접어들자 원두막이 하나 보였다. 지붕을 덮은 이엉이 다 썩어 허물어진 모습이었다. 그래도 높다랗게 지은 마루가 이슬 가림은 되어 줄 것 같았다.

"초콜릿 조금 아껴 둘 걸 그랬나."

나는 아까 먹어 치운 초콜릿이 아쉬워 입맛을 쩝쩝 다셨다. 엄마가 손을 내밀었다. 그 위엔 발간 껍질에 싸인 고구마가 하나 올라가 있었다.

"엄마가 얼른 불 지필 테니 이거 구워 먹자."

나는 빙그레 웃으며 고개를 끄덕였다.

군고구마를 까먹느라 여념이 없는데 저쪽에서 바스락거리는 소리가 났다. 엄마와 나는 겁이 덜컥 나 온몸이 굳었다. 밤중에 만나는 낯선 사람처럼 무서운 건 없다.

"누, 누구세요?"

엄마가 사람들을 향해 목소리를 높였다.

"저, 저기 위험한 사람 아닙니다."

불 가까이 온 이들은 아저씨와 사내아이 둘, 그리고 할아버지 한 분이 전부였다. 아저씨는 다리를 절고 아이 둘은 상처투성이였다. 아저씨는 흙물과 때에 전 양복을 입고 있었다. 그런데 가만히 보니 비록 형편없이 더러워졌어도 꽤 값비싼 옷 같았다. 거기다 모닥불에 비친 얼굴에선 금테 안경이 반짝였다. 꼭 학교 선생님 같았다.

"아버지는 비행기에서 떨어트린 폭탄이 바로 옆에서 터지는 바람에 귀와 눈이 멀어 버렸죠."

아저씨가 앞을 더듬거리는 노인을 불 옆으로 당기며 말했다. 할아버지는 넋이 반은 나간 사람처럼 표정이 없었다.

"고구마 굽는 냄새가 하도 진동하기에 쫓아와 봤습니다."

아저씨는 엄마와 내 발밑에 어지럽게 널린 고구마 껍질을 내려다보며 입맛을 다셨다.

"우리 먹을 것도 없어서 아껴 먹는 중이에요."

엄마가 매몰차게 대꾸했다.

"거저 달라는 거 아닙니다. 노인네랑 애들이 사흘을 내리 굶어서 말이 아니에요. 몇 개만 좀 파십쇼. 돈 드릴게요."

"필요 없어요. 전쟁 통에 돈값이 어떻게 된지도 모르는 판인데 먹을 거랑 바꿔 줘요?"

엄마가 고개를 저으며 보퉁이를 엉덩이 뒤로 감추었다.

아저씨는 고개를 숙이고 뭔가 곰곰이 궁리를 하더니 말했다.

"금반지 드릴게요."

그러면서 할아버지 새끼손가락에 끼워진 반지를 가리켰다. 도톰한 두께의 반지는 딱 봐도 시집가는 새색시가 예물로 받는 물건처럼 생겼다. 그런 여자 물건이 왜 쭈글쭈글한 할아버지의 새끼손가락에 끼워져 있는지는 모르겠지만.

엄마는 누런 금반지를 잠깐 겨누어 보더니 보퉁이를 풀었다.

"열 개 이상은 못 드려요."

아저씨는 엄마 허락이 떨어지자마자 할아버지 손가락에서 반지를 빼려 했다. 하지만 할아버지는 주먹을 꽉 쥐고 완강히 버텼다.

"안 된다! 이건 안 돼!"

귀가 먼 할아버지는 아저씨가 고래고래 지르는 고함 소리를 듣지 못했다. 눈이 먼 할아버지는 엄마 보퉁이에 든 고구마도 보지 못했다. 그저 반지를 낀 손을 다른 손으로 감싸 쥐고 끵끵거릴 뿐이었다. 아저씨와 할아버지의 실랑이는 오래가지 않았다. 아저씨가 할아버지를 타고 앉아 강제로 반지를 빼냈다. 양복과 금테 안경에서 뿜어져 나오던 교양과 학식은 어디로 홀딱 날아가 버린 것 같았다.

엄마는 손바닥 위로 떨어지는 금반지를 자세히 살피고 나서 고구마를 내주었다. 할아버지는 끅끅거렸지만 아들이 군고구마를 코앞에 가져다 대자 언제 그랬냐는 듯 넙죽 받아 게걸스럽게 먹었다. 엄마와 난 네 사람이 불 앞에 둘러앉아 군고구마 열 개를 삽시간에 해치우는 걸 넋 놓고 구경했다.

"아, 잘 먹었다. 근데 고구마 열 개 가지고는 턱도 없네."

입가에 검댕을 묻힌 아저씨가 제 식구들을 둘러보며 말했다. 그러면서 우리 쪽을 한번 쓱 쳐다봤다. 엄마도 그 눈초리가 뱀 같다고 느꼈을까? 궁금했지만 차마 묻지 못했다.

모닥불이 숯으로 변해 깜빡거릴 즈음이었다. 엄마가 까무룩 잠든 나를 흔들어 깨웠다.

"영진아, 영진아!"

엄마 목소리는 나지막했지만 뭔가 급박한 긴장이 서려 있었다.

"일어나. 어서 여길 뜨자."

졸린 눈을 비비고 하늘을 보니 개밥바라기별이 아직 그 자리였다.

"한밤중인데 벌써?"

내가 투덜거리자 엄마가 홀쭉해진 고구마 보퉁이를 들며 말했다.

"아무래도 겁이 나서 안 되겠어."

"뭐가?"

"금반지 도로 빼앗길까 봐."

엄마는 불 반대편에 곰처럼 웅크리고 누운 아저씨를 눈으로 가리켰다.

"아까 제 아비를 올라타고 찍어 누르는 것도 그렇고…."

엄마도 나처럼 아저씨의 뱀 같은 눈을 본 게 틀림없었다.

나는 후다닥 일어났다.

"그럼 엄마 한숨도 안 잤어?"

내가 이슬이 축축한 풀을 헤쳐 걸으며 물었다.

"응. 가슴이 떨려서 잠이 와야지."

달빛에 비친 엄마 얼굴이 피곤에 절어 있었다. 입술은 하얗게 타고 눈가엔 어두운 그림자가 그물처럼 덧씌워져 있었다. 나는 내 얼굴도 저 지경일까 궁금해졌다.

우리는 큰길가로 다시 접어들었다. 너른 신작로가 웬일인지 한산했다. 아직 이른 새벽이라 그런가 싶어 묵묵히 걷기만 했다. 나는 한 번도 만난 적 없는 오촌 아저씨의 생김새를 허공에 대고 그렸다. 아저씨 얼굴이 자꾸만 대통령 할아버지와 닮아 간다. 언젠가 신문에서 본 그 흐릿하게 뭉개진 사진에서 대통령 할아버지는 인자하게 웃고 있었다. 그 미소는 가진 거라고는 금반지 한 개와 고구마 보퉁이가 전부인 우리를 따스하게 맞이해 줄 오촌 아저씨의 미소일 테다. 엄마는 피란길 내내 귀에 못이 박이도록 되뇌었다.

"대전에서 전보를 쳐 놨으니까 우릴 기다릴 거야."

이 한마디로 자꾸만 처지는 나를 재촉하는 것 같았다.

나는 일곱 개 남짓 들어 있는 고구마 보퉁이를 들고 엄마를 뒤쫓았다. 그러다 그만 윽, 하고 멈추어 섰다. 오른쪽 엄지발가락이 불에 달군 부젓가락으로 쑤신 듯 아파 왔다.

"엄마, 못 걷겠어."

나는 땅바닥에 주저앉아 발을 움켜쥐었다. 발등까지 뜨끈뜨끈하게 열이 올랐다. 물집이 터진 자리에 더러운 균이 들어가 고름이 잡힌 모양이다. 고름 주머니 근처부터 벌겋게 부어올랐다. 엄마가 내 발을 살피다 놀란 눈을 했다.

"이 지경이 된 줄도 모르고 애만 다그쳤으니….'

후회와 자책이 엄마 얼굴을 뒤덮었다. 그 표정을 보고 있자니 발가락이 더욱 욱신거렸다. 너무 아파서 골치가 다 지끈거릴 지경이었다. 난 눈물이 솟는 걸 참느라 어금니를 악물었다.

"자, 업혀."

엄마가 내 앞에 등을 돌리고 쭈그려 앉았다.

"아, 뭐 하는 거야? 내가 몇 살인데 엄마한테 업혀!"

엄마 키나 내 키나 거기서 거기다. 커다란 덩치의 사내아이가 가녀린 엄마 등에 매달려 피란을 갈 수는 없다. 죽으면 죽었지 자

존심이 허락하지 않는다.

"쓸데없이 기운 빼지 말고 빨리 업혀."

"싫다니까!"

엄마와 내가 티격태격하는데 갈림길 한쪽에서 커다란 트럭 한 대가 우리 쪽 길을 향해 오고 있었다. 엄마와 난 길옆으로 비켜서서 트럭이 지나가기만을 기다렸다. 트럭은 먼지를 일으키며 다가왔다. 속도가 무척이나 느린 트럭이었다. 나는 내 앞을 스치는 트럭을 쳐다봤다. 속도가 느릴 만도 하다는 생각이 들었다. 짐칸에 사람이 빼곡히 들어차 있었다.

"어? 군인이 아니라 피란민이 탔네."

내 말에 엄마가 조금씩 멀어져 가는 트럭을 향해 내달렸다.

"잠깐만요! 잠깐만요!"

트럭은 조금 더 가다 멈추어 섰다.

"아, 글쎄. 보면 몰라요? 자리가 없어요, 더는."

운전사가 창문을 통해 우리를 내려다보며 퉁박을 주었다. 대구까지 간다는 말에 엄마가 태워 달라고 한 것이다. 엄마가 통사정했으나 운전사는 요지부동이었다. 엄마는 결국 저고리 앞섶 안에 숨겨 둔 금반지를 꺼냈다. 대구에 도착하면 그 금반지로 먹을 쌀과 바꿀 거라고 했던 엄마다. 그런데 지금 엄마는 발이 아픈 나를 차에 태워 가기 위해 금반지를 운전사에게 내밀고 있다. 우리는 결국 조수석에 끼어 앉았다. 조수석에 앉아 있던 두 사람은 짐칸으로 옮겨갔다. 이리하여 엄마와 나는 걸어서 꼬박 하루가 걸린다는 대구에 반나절도 안 되어 도착할 수 있었다. 트럭은 사람들을 대구역 앞에 쏟아 놓고 사라졌다.

"와! 이게 다 뭐야!"

나는 발 아픈 것을 잊을 정도로 놀랐다. 역 앞은 그야말로 사람 전시장 같았다. 피란민들과 지역 주민들, 군인과 경찰이 뒤섞여 북새통이었다. 매끈한 서울 말씨, 억센 경상도 사투리, 전쟁 통에도 느긋함을 잃지 않는 충청도 사투리와 재치 넘치는 전라도 사투리가 뒤섞여 들렸다. 근데 좀 이상했다. 다들 뭔지 모를 두려움과 겁에 질린 모습이었다. 지금까지 길에서 본 피란민들보다도 오히려 더 불안 초조한 기색이었다. 너 나 할 것 없이 방향도 없이 목적도 없이 우왕좌왕 이리저리 몰려다니는 꼴이었다.

"다들 대구로 피란 내려 왔나? 정신이 하나도 없네."

엄마는 혀를 내두르다 움찔했다.

"아 참! 내가 이렇게 넋 놓고 있을 때가 아니지."

엄마는 머리를 한번 흔들더니 속바지 주머니에 넣어 둔 종이쪽지를 꺼내 들었다. 누구에게 길을 물을지 두리번거리던 엄마가 지나가던 경찰을 붙들었다. 나는 멀찍이 땅바닥에 주저앉아 두 사람을 구경했다. 손짓을 섞어 이야기를 나누는데 꽤 시간이 걸렸다. 하긴 엄마도 대구는 처음이다. 어디로 가라고 가르쳐 준들 단박에 알아듣지 못하겠지.

나는 엄마에게서 눈을 떼고 천천히 주위를 둘러보았다. 처음에는 보이지 않았던 사람들이 눈에 들어왔다. 바로 거지꼴을 하고 담벼락에 기대앉은 이들이었다. 피란민인지 아니면 처음부터 역 앞에 사는 거지인지 알 수 없었다. 그 가운데 어린 계집애를 허벅지에 눕히고 앉은 할머니가 보였다. 계집아이는 잘해야 여섯 살도 채 안 되어 보였다. 그런데 죽은 듯 누웠던 아이가 꿈틀거리며 일어나 할머니의 가슴팍을 파고들었다. 마른 북어처럼 비틀어진 할머니는 퀭한 눈으로 아이를 내려다볼 뿐이었다. 아이는 익숙한 손놀림으로 할머니의 젖을 꺼내 빨기 시작했다. 젖이 나올 리가 없었다. 멀리서도 빈 젖을 빠는 빽빽, 하는 소리가 들리는 듯했다. 아이는 몇 번 더 할머니 가슴을 파고들더니 그만 앵 하고 울음을 터트렸다. 동시에 할머니는 아이를 거칠게 내팽개쳤다. 그 바람에 아이는 더 자지러지게 울었다. 아무도 아이를 쳐다보지 않았다. 무심히 지나치는 수많은 인파 중 단 한 사람도 할머니와 아이에게 눈길을 주지 않았다. 어쩌면 당연한 일이었다. 저런 광경은 피란길에서 마주친 끔찍한 장면들에 비하면 아무것도 아니다. 나는 눈물 콧물로 범벅이 된 채 걸레처럼 구겨진 아이의 얼굴에서 눈을 뗐다.

"여기서 금방이래. 영진아, 조금만 참고 걷자."

엄마가 돌아와 나를 부축해 일으켰다. 나는 걸음을 떼다 멈추어 섰다.

"엄마."

"왜?"

"아저씨네 가면 이 고구마 보퉁이 필요 없지?"

엄마는 "응?" 하고 되물으며 손에 든 보퉁이를 내려다봤다.

내가 할머니와 계집애 쪽을 가리켰다.

"이거 저 아이한테 주고 가자."

"저 사람들한테? 왜?"

"우린 이제 필요 없잖아."

내 말에 엄마가 정색을 했다.

"왜 필요 없어. 난리 통에 쌀 한 톨도 귀한 법인데."

나는 계집아이를 건너다보며 대답했다.

"국군 아저씨 말대로 우리도 공짜로 얻은 거잖아. 그런 걸로 껌이랑 초콜릿도 바꿔 먹고 금반지도 벌어서 트럭 타고 왔잖아. 나머지는 우리도 그냥 주자."

엄마는 나를 생뚱맞다는 눈으로 쳐다봤다. 마치 여태 내 아들이라고 여겼던 아이가 사실은 남의 집 아이라는 걸 알게 된 사람의 표정 같았다. 그러다 곧 귓가가 살짝 발개졌다. 난 알고 있다. 지금 엄마는 부끄러운 거다. 뭐가 부끄러운 건지 꼬집어 말할 수는 없어도 분명 뭔가를 느낀 거다.

나는 엄마 손에 들린 보퉁이를 살며시 빼앗아 들었다. 엄마는 그저 내가 하는 대로 구경만 할 뿐이었다. 나는 절뚝거리며 우는 아이 앞으로 갔다. 아이는 내가 내미는 고구마를 손에 쥐자마자 울음을 그쳤다. 회색빛 머리칼이 이마를 다 가린 할머니가 황망한 얼굴로 나를 올려다봤다.

"아이가 먹으려면 쪄 줘야 하는데."

내 말에 할머니가 정신이 든 듯 고개를 주억거렸다. 그러더니 역 앞 네거리에 있는 육교를 가리켰다.

"저 다리 아래 토막집에 냄비랑 있다오."

나는 토막집을 건너다보며 대답했다.

"그럼 다행이네요."

내가 막 돌아서는데 아이가 옷자락을 잡아당겼다.

"오빠, 우리 집에 가."

"어? 아, 안 돼. 난 갈 데가 있어."

"그럼 이따 와."

"놀러 오라고?"

"아니. 어디 갈 데 없으면 우리 집에 와."

나는 아이의 깜찍한 말에 웃음을 지었다. 거적때기로 덮은 움막을 제 집이라는 아이를 보니 부러운 마음이 들었다.

'넌 그래도 집이 있구나.'

엄마와 나는 땀을 뻘뻘 흘리며 골목골목을 뒤졌다. 하지만 아저씨네는 좀처럼 찾을 수 없었다. 알고 보니 경찰이 일러 준 데와는 정반대 방향이었다. 우리는 어스름이 내리고 나서야 겨우 도착할 수 있었다.

"승훈아! 도민아!"

엄마는 오촌 아저씨 이름과 아저씨 아들 이름을 번갈아 부르며 대문을 두드렸다.

"누구세요?"

대문이 빠끔히 열리고 그 사이로 나온 얼굴을 본 엄마가 흡, 하며 뒤로 물러났다.

"여기가….."

주소는 틀림없었다. 그러나 그 집엔 오촌 아저씨네 식구가 살고 있지 않았다. 아저씨네는 벌써 보름 전에 부산으로 이사했다고 했다. 군수 물품을 만드는 공장에 다니던 아저씨는 공장이 부산으로 옮겨 가자 피란 겸 해서 내려간 것이다.

엄마가 바짝 타들어 가는 목소리로 물었다.

"분명 우리 온다고 전보도 쳐 놨는데 얘기 안 하던가요?"

"아무 얘기 못 들었는데."

오촌 아저씨의 아내, 그러니까 숙모 쪽 먼 친척뻘이 된다는 사람은 냉정한 얼굴로 엄마와 날 겨누어 보았다. 마치 집을 빼앗기지 않으려고 경계를 하는 개의 낯바닥 같았다.

"그럼 하룻밤만 신세 좀 질 수 없을까요? 얘가 발병이 나서 걷지도 못합니다."

엄마가 내 오른발을 가리키며 통사정을 했다.

돌아오는 대답은 차디찼다.

"우리도 피란 내려온 친척들이 방방마다 들어차서요. 발 디딜 틈도 없어요."

그 말을 끝으로 대문은 굳게 닫혀 버렸다.

"저기요, 잠깐만요! 저기요!"

엄마가 주먹으로 대문을 막 두드렸다. 대문 안에선 애초에 사람이라곤 한 명도 살지 않는 집처럼 아무 소리도 나지 않았다.

"엄마, 그만해. 가자."

나는 엄마 옷소매를 잡아당겼다.

"이제 어쩌나."

엄마는 넋이 나간 사람처럼 멍한 표정으로 밤하늘을 올려다봤다. 나는 욱신욱신 쑤시는 발을 끌며 말했다.

"역으로 다시 가 보자. 거기서 부산으로 가는 기차가 있나 알아보자, 응?"

"도민네가 부산 어디 사는 줄 알고 가겠니….'"

엄마 목소리에 절망이 가득 찼다.

"어쨌든 여기서 그만 가자. 더 버틴다고 뾰족한 수가 생기는 것도 아니잖아."

내가 절뚝거리며 앞장서자 엄마가 마지못해 쫓아오며 중얼거렸다.

"아까 괜히 고구마 줬어. 당장 오늘 저녁 끼니도 없는데."

난 이렇게 될 줄 알았나 뭐, 하고 얼버무렸다. 그래도 가슴 한가운데 쓴 물이 괴는 건 어쩔 수가 없었다. 반나절 만에 고구마 한 개가 아쉬운 신세로 돌아왔다고 생각하니 기가 막혔다. 그러다 문득 궁금해졌다. 대통령 할아버지도 아무 말 없이 부산으로 가 버렸을까? 오촌 아저씨가 우리를 기다리기는커녕 쪽지 한 장 남기지 않고 가 버렸듯이 말이다. 나는 별들만 가득한 남쪽 하늘을 건너다보았다. 이유는 설명할 수 없지만 대통령 할아버지는 여기 대구에 없을 것만 같았다. 있었다면 대구역 앞이 그 난리 북새통일 리가 없을 테니까.

엄마와 난 간신히 대구역으로 돌아왔다. 역 앞은 여전히 사람들로 어수선했다. 여기저기서 모닥불을 피워 놓고 앉은 채로 잠을 청하는 피란민 무리가 점점이 흩어져 있었다.

"어디서 밤을 새운다니."

엄마가 두리번거리는 걸 따라 이리저리 살피던 내 입에서 맞다, 하는 소리가 터져 나왔다.

"엄마 저기로 가 봐요."

"어디?"

나는 엄마 소매를 이끌고 육교 다리 밑으로 갔다. 거기엔 아까 낮에 보았던 토막집이 서 있었다. 토막집 거적문 앞에 할머니와 계집아이가 나와 앉아 있었다. 두 사람 앞으로 조그만 모닥불이 놓여 있었다. 그리고 불 위에 새까맣게 그을린 냄비 하나가 김을 내뿜으며 끓고 있었다. 보나 마나 그 안에는 고구마가 익고 있을 게다. 나

는 찐 고구마 중 제일 작은 놈으로 하나 얻어먹을 수 있겠지, 하는
기대를 품고 한 걸음 한 걸음 다가갔다. 저쪽에서 나를 알아본 아
이가 오빠, 하며 달음질쳐 왔다. 아무래도 오늘 밤은 이 토막집에
서 신세를 질 것 같다.

★ ★ ★ ★ ★ ★ ★

준코 고모와 유엔탕

50년 전 얘기를 해 달라고? 먼지 나는 구닥다리 옛날얘기 끄집어내서 뭐 하려고. 가만있자, 올해가 몇 년이지? 2006년? 참, 세월이 쏘아 놓은 화살 같구나. 이 할미도 이제 살날이 얼마 남지 않았네. 뭐? 잊그제 칠순 잔치했는데 무슨 죽는 타령이냐고? 어이구, 우리 재영이가 할미 죽을까 봐 겁이 나는 모양이구나. 걱정하지 마라. 할머니 안 죽어. 어떻게 살아온 세월인데 금방 죽겠니.

재영이가 지금 열세 살이지? 그럼 딱 이 할미가 재영이 나이 때 일이구먼. 의정부에서 살기 시작한 게 열세 살 나던 해니까. 그게 보자, 1956년이었지. 56년이면 육이오전쟁 끝나고 겨우…, 뭐? 육이오전쟁이 아니라 한국전쟁이라고? 참 내, 아니 우리나라 역사에 전쟁이 겨우 육이오 하나뿐이었냐. 숱한 전쟁과 외세 침략을 견뎌 내고 살아남은 민족한테 그 무슨 소리인지. 한국전쟁이라는 말은 외국에서 봤을 때 맞는 말이지. 밖에서 볼 때야 남한과 북한의 전쟁이니 한국전쟁이지만, 우리까지 그렇게 불러 버리면 어떡해. 그렇게 따지면 그 뭣이냐, 그 미국의 남북전쟁도 미국전쟁이라고 불러야지, 미국내전! 안 그러냐? 어? 뭐라고? 얘기는 시작도 안 했는데 삼천포로 빠지면 어떡하느냐고? 원래 이 할미가 좀 시사적으로 예민하고 날카롭지 않냐, 하하하!

각설하고 어찌어찌 휴전되고 3년이나 흘렀지만 세상은 아직 전쟁 중이었단다. 죽지 않고 살아남기 위해 끊임없이 싸워 대는 난리통. 난 그때를 떠올리면 딱 하나밖엔 생각이 안 나. 배고픈 거. 어떻게 하면 밥 한 술 얻어먹고 넘길까 골몰하면서 하루해를 넘겼지.

그때가 7월이었나, 8월이었나…, 기억에는 장마가 그치고 나뭇잎 색이 짙을 대로 짙어진 때였단다. 할미는 순자 고모를 따라 의정부로 갔어. 순자 고모가 누구냐고? 나한테 고모니까 재영이 너한테는 진외가 증조할머니뻘 되시는 분이지. 순자 고모는 키도 크고 단발머리에 아주 하이칼라였어. 하이칼라가 뭐냐고? 학교를 높은 데까지 다녀서 학식이 풍부하다는 옛말이야. 요즘에야 여자들도 하고 싶은 공부 실컷 하고 박사도 되고 장관도 되고 하지만 70, 80년 전만 해도 여자가 고등학교만 졸업해도 '와!' 하던 시절이었거든.

어쨌든 순자 고모는 해방되기 전에 일본 여학교에 유학을 다녀올 정도로 똑똑하고 야무진 인텔리였어. 다만 스물일곱이 되도록 시집을 못 갔지. 콧대가 높아서 남자 고르느라 그랬느냐고? 아니. 따지고 보면 다 그 원수 같은 육이오전쟁 때문이야. 부모 잃고 오빠와 올케까지 행방을 몰랐으니 결혼이 다 뭐니. 혈육이라고 하나 남은 조카딸 안 죽이려고 발버둥을 치느라 나이가 그냥 들어 버린 거지. 그래도 순자 고모에게는 꿈이 있었단다.

"경양식집을 열 거야. 레스토랑이지. 점잖은 유엔군 장교들이 드나드는 고품격 식당. 고모가 일본에 있을 때 말이야. 한 달에 한 번은 꼭 불란서 식당에 가서 외식을 하곤 했단다. 동경 시내 어디를 가든 근사한 레스토랑 하나씩은 꼭 있었으니까. 물론 지금은 미국이 최고지. 미국이 세계에서 제일가는 문명국이라고. 남희야, 이 준코 고모가 얼마나 선견지명이 있는 사람인 줄 아니. 해방되기 직전까지 일본에서 서양 요리를 배운 조선인이 몇이나 될 거 같아? 이 고모를 포함해서 손으로 꼽는다, 꼽아."

순자 고모는 항상 자신을 '준코'라고 불렀어. 왜정 때 창씨개명하느라고 지은 이름을 해방돼서도 고집한 거지.

고모는 해방이 되고 나서도 '순자'라는 이름이 촌스럽다고 싫어했어. 그래도 난 고집스럽게 불러 댔어.

"순자 고모! 수돗물 받으려면 지금 나와서 줄 서야 한대!"

"남희야! 몇 번이나 말해! 순자가 아니고 준코라니까. 넌 하나밖에 없는 고모 이름도 헷갈리니?"

"치, 고모가 왜 준코야? 순자지. 세상이 달라졌는데 고모는 왜정 때 이름이 뭐가 좋다고 고집이야?"

"난 답답한 순자보다 준코가 백 번 더 낫다. 나의 본질과도 잘 어울리고."

난 그때 국민학교(초등학교)를 다니다 피란 나오느라 겨우 3학년을 배우고 멈춘 때였어. 그러니 '본질'이라는 한자가 무슨 뜻인지 알아듣지 못했지. 하지만 그 뜻 모를 단어는 뭔가 힘이 있고 멋있게 느껴져서 그만 주눅이 들었단다. 그러면서도 머리 한구석으로 말소리가 울렸지.

"본질은 무슨⋯, 괜히 뱃속에 헛바람 들어서 저 모양이지!"

올케인 엄마가 시누이인 순자 고모 뒤통수를 흘기며 매양 하던 말이었어. 그 소리만 떠올리면 킬킬 웃음이 났지. 근데 있잖니. 내가 고모를 준코 고모라고 부른 일이 딱 한 번 있었단다. 언제냐고? 이야기를 끝까지 들어 봐. 그 얘긴 나중에 차례대로 다 나오니까.

순자 고모는 틈만 나면 경양식집을 어떻게 꾸미고 어떤 요리를 메뉴에 넣을 건지 줄줄 읊어 댔어. 그리고 이렇게 마무리 지었지.

"두고 봐. 결국엔 세상사람 모두 서양식으로 밥상을 차려 먹을 테니까."

지금도 눈앞에 선하단다. 헐벗고 굶주려 얼굴에 허연 버짐이 핀 처녀가 초롱초롱 빛내던 그 눈빛과 미소. 순자 고모는 몸은 비록 변소 옆 쪽방에 있어도 마음만은 휘황찬란한 레스토랑 안에 있었어. 열세 살짜리 계집아이도 그 눈을 바라보며 덩달아 꿈꾸었지.

멋진 레스토랑에서 휘황찬란한 음식을 먹으며 행복해할 날을! 하지만 문제는 돈이었단다. 장사란 밑천이 있어야 하는 법 아니니. 그런데 전쟁 통에 가족은 뿔뿔이 흩어지고 우리 식구가 살던 집도 새카맣게 타 버렸지.

내 부모님은 전쟁이 터지기 직전에 삼팔선을 넘어 가셨어. 개성 시내에서 대를 이어 내과 의원을 하시던 할아버지와 아버지는 진즉에 부르주아로 낙인이 찍혀서 위태위태하셨거든. 날이 갈수록 세상은 험악해지고 공산당에 밉보인 사람들은 어떻게 될지 모른다고 다들 수군거렸지. 아버지는 하는 수 없이 병원 문을 닫고 몸을 피하기로 하셨단다. 서울 어딘가에서 약국을 한다는 친구분 댁으로 말이야. 간호사였던 어머니도 같이 내려가기로 했지. 두 분이 서울에서 먼저 자리 잡고 계시면 나중에 식구들도 살림을 옮긴다는 계획이었던 모양이야. 외동딸이었던 나는 울고 불며 어머니 치맛자락에 매달렸지. 부모님은 눈물범벅인 나를 보며 차마 발을 못 떼고 망설였어. 결국 할아버지와 할머니가 어린 나를 말리셨단다.

"아비가 살아야 우리 가문이 산다."

할머니가 어머니 등을 떠밀었어.

"일곱 살짜리 철부지 달고 가 봐야 고생만 시킬 거다. 남희는 우리가 잘 돌볼 테니 걱정 말거라."

어머니는 나한테 서울에서 새로 병원 문 여는 대로 데리러 온다고 약속하셨어. 그리고 그때까지는 집에 머무는 게 더 안전하다고 말씀하셨어. 하지만 전쟁이 터지고 얼마 후, 집 바로 옆에 붙어 있던 병원 건물까지 홀딱 타 버렸어. 할아버지와 할머니는 불을 끄겠다고 뛰어드셨다가 미처 불길을 헤쳐 나오지 못하셨단다. 마침 근처 학교로 쌀 배급을 타러 나갔던 고모와 나만 목숨을 건진 거지.

우여곡절 끝에 도착한 서울은 더 난장판이었어. 순자 고모가 물어물어 찾아간 약국에는 아버지 친구분이 계셨지만 부모님은 없었어. 때가 까맣게 전 약사 가운을 입고 약장 앞에 서 있던 그 아저씨의 넋 나간 얼굴이 지금도 잊히지 않는단다.

"그 친구 인민군이 서울을 점령하기 직전에 한강 건너갔다. 부산으로 간다고 했는데 난 모르지."

고모와 나는 약사 아저씨 말 한마디만 붙잡고 다시 멀고 먼 부산으로 향했어. 물론 거기서도 부모님을 찾지 못했지. 수백만 피란민이 모여든 부산 길바닥에서 누가 누굴 찾을 수 있겠니. 손 놓치고 이산가족 되지 않으면 용한 거지. 순자 고모와 난 거지꼴이 되어 휴전이 될 때까지 부산 해방촌을 헤매 다녔지만 헛수고였단다. 부모님을 찾는 것도 실패였고 해방촌에 자리를 잡는 것 역시 지독한 실패로 끝났어. 결국 고모는 용단을 내렸어.

"남희야, 우리 의정부로 가자."

의정부는 삼팔선 바로 아래 위치한 곳이야. 유엔군 부대가 자리 잡자 갑자기 커지기 시작한 도시였어. 고향인 개성이 코앞이었지. 순자 고모의 계산은 간단하고 분명했어.

"미군 부대 앞에는 동네 개도 백 원짜리를 물고 다닌다더라."

순자 고모는 오빠를 찾는 일은 아예 단념한 것 같았어. 껌처럼 달라붙어 있는 조카딸 때문이라도 두 사람을 기어이 찾아내겠다던 결심은 서러운 피란살이 끝에 빛이 바랬지.

나는 의정부로 가자는 고모 말을 들으며 생각했어.

'어머니와 아버지는 끝내 우리 앞에 나타나지 않았다. 그리고 지금 내 곁에는 고모 말고는 나를 보살펴 주는 어른이 없다. 순자 고모와 지내는 게 항상 좋은 것만은 아니다. 하지만 다른 방법이 없다.'

그리고 이런 생각도 들었어.

'엄마 아빠는 결국 이 세상에 없는 걸까?'

부산에선 고모 몰래 많이도 울었단다. 고모한테 우는 걸 들키면 야단을 맞거나 구박을 받아야 했으니까 절대 고모 앞에서 부모님 얘기는 꺼내지 않았어. 지금 생각하면 순자 고모가 왜 그리 모질게 굴었을까, 궁금해진단다. 순자 고모도 내 부모님이 보고 싶어 몰래 우는 건 아닐까 하는 짐작도 해 봤지. 순자 고모는 오빠인 우리 아버지를 무척이나 따랐거든. 할아버지가 순자 고모에게 뭐 일러 둘 말이 있으시면 내 아버지를 시킬 정도였으니까.

순자 고모가 하도 혼을 내니까 나도 점점 부모님 생각을 안 하게 되더라고. 그렇다고 아예 부모를 잊고 살지는 못하지. 다만 입 밖으로 꺼내 징징거리거나 맥없이 주저앉는 일이 없어졌다는 거야. 그리하여 나는 열차간 창밖을 보며 결심했어.

'어떡하든 살자. 고모랑 둘이서 살자.'

부모님을 부산에 두고 등지는 것 같아 서러운 마음도 들었지만 두 주먹을 꽉 쥐었지. 순자 고모는 오빠와 올케도 찾지 못하고 자리도 잡지 못한 채 부산에서 쫓겨나듯 떠나는 게 그렇게도 억울했나 봐. 나보고는 울지 말라고 몇 번씩 이르더니 기차가 출발하려고 덜컹하자 눈가가 벌겋게 달아올라 코를 훌쩍 들이마셨으니까.

우리는 기차를 세 번이나 갈아타고 나서야 의정부역에 도착할 수 있었단다.

"고모 배고파….."

열세 살 계집아이는 최대한 목소리를 낮추어 조심스럽게 말했어. 순자 고모는 내가 배고프다고 하면 그때부터 신경이 날카로워졌거든. 아무것도 아닌 일에 화를 버럭 내기도 하고 말 한마디를 곱게 하지 않았어. 그때는 내가 아직 어려서 순자 고모가 왜 그러는지 통 알 수가 없었지. 그냥 내가 배고파지면 순자 고모는 성질이 확 변해서 무서워진다는 것만 괴로웠단다.

나중에, 아주 나중에 내가 자식을 낳고 그 자식이 또 자식을 낳고 하는 걸 겪으며 알게 되었어. 순자 고모는 말이야. 단 하나밖에 없는 조카, 끔찍이 존경하던 오빠의 외동딸이 배를 곯으면 위기감에 사로잡히는 거야. 그래서 내가 배고프다고 하면 순자 고모 눈빛은 살쾡이처럼 표독스러워졌단다. 그 번들번들한 눈을 해 가지고 보이는 대로 닥치는 대로 얻든 빼앗든 훔치든 해서 날 먹였어. 지금 생각하면 가슴 한가운데 쓴 물이 괸단다. 일본 유학까지 한 인텔리가 전혀 딴사람으로 변한 모습을 지켜보는 일, 그게 전쟁인가 싶어서.

의정부역에 내린 그날도 마찬가지였어. 역 앞에는 온갖 장사치들이 진을 치고 있었지.

"우선 뭐라도 좀 먹자."

순자 고모는 내 손을 꼭 잡고 역 한구석에 길게 늘어선 줄로 다가갔어. 커다란 드럼통을 반으로 잘라 무쇠솥처럼 불 위에 걸쳐 놓은 곳이었어. 꿀꿀이죽 파는 노점상이야. 꿀꿀이죽이 뭐냐고? 돼지 사료냐고? 전쟁 막 끝나고 겨우 3년인데 돼지 먹일 사료가 어디 있겠니. 사람 먹을거리도 없어 굶어 나자빠지는 판에.

꿀꿀이죽이란 말이다. 미군 부대에서 나오는 잔반을 모아다가 파는 거야. 좀 더 정확히 말하자면 양코배기 미군들이 부대 안에서 짬밥으로 먹고 남은 음식 찌꺼기를 가져다 커다란 드럼통에 넣고 펄펄 끓여서 파는 죽이야. 펄펄 끓여야 더러운 세균이랑 나쁜 바이러스랑 없앨 수 있으니까. 일종의 소독을 하는 거지. 잡탕으로 뒤섞인 그 죽을 뜨거운 맛에 훌훌 넘기면 배는 부르니까. 이 할미 기억에 한 그릇에 1원이었을 거다, 아마.

아니, 애가 왜 갑자기 구역질은 하고 이래. 그때는 다 그렇게 살아남았어. 그나마도 못 얻어먹는 애들은 꿀꿀이죽 파는 데 옆에서

침 질질 흘리면서 구경하고 서 있곤 했어. 쉰밥에 파리 꼬이듯 쫓아 버리면 금세 또 꼬여 들어 서 있고, 쫓아 버리면 어느새 또 와서 손가락 입에 물고 드럼통 안을 들여다보고 서 있었어. 그런데 난 그 꿀꿀이죽이 너무너무 싫었단다. 미국 군인들이 먹다 남긴 음식 쓰레기 끓인 죽이라 싫은 게 아니고 부산 살 때 너무 먹어서 질릴 대로 질렸거든. 부산 도떼기시장에도 꿀꿀이죽 파는 골목이 있었으니까.

내가 드럼통 앞에서 입을 비죽거리고 서 있자 순자 고모가 물었어.

"왜? 저건 싫어?"

"응."

나는 새 동네로 이사 왔으면 뭔가 새로운 음식을 먹을 수 있을 거라고 기대하던 참이었거든. 그런데 막상 도착해 보니 의정부도 부산 해방촌하고 하나 다를 게 없는 거야. 배고픈 것도 참고, 힘든 것도 참고, 다리 아픈 것도 참아 가며 찍소리 안 하고 고모만 따라 왔는데 아무것도 새로운 게 없다니. 나는 지친 마음에 비죽비죽 울기 시작했어. 평소엔 청승 떤다고 순자 고모에게 혼이 나니까 울음이 나도 꾹 참곤 했지. 근데 그날은 도저히 못 참겠는 거야. 그래서 큰소리로는 못 울어도 질질 짰어. 짜면서도 곧 떨어질 순자 고모의 신경질적인 꾸지람 때문에 조마조마하고 있었지. 그런데 웬걸?

"그럼 남희야, 우리 좀 더 가 보자."

나는 멍한 표정으로 고모를 올려다보았단다. 분명 불벼락이 떨어지고 잘못하면 팔꿈치라도 꼬집힐 줄 알았는데 순자 고모가 순순히 내 응석을 받아 주다니 말이야. 고모는 내 손을 잡고 역 앞을 빠져나왔어. 그리고 어디가 어딘지도 모르면서 무작정 앞만 보고 걸었지. 나는 빠르게 걷는 고모에게 끌려 종종걸음을 쳤어.

"고모! 어디 가는 거야?"

"너 배고프다며. 밥집 찾는 거야."

"고모 여기 와 봤어?"

"아니, 처음이야."

얼마나 걸었을까. 난 지칠 대로 지쳤단다. 기차에서 빈속으로 멀미에 시달리느라 진이 다 빠졌거든. 결국 역 앞 큰길가 한가운데서서 고모 손을 잡아당겼어.

"고모 저거 먹어 보자."

나는 도로 맞은편에 있는 식당을 가리켰어. 사실 말이 식당이지 건물 옆 담에 기대어 포장을 치고 만든 길거리 좌판 음식점이었어. 그때는 다 그랬단다. 어디 번듯한 건물이 있었나. 삼팔선 근처는 폭격 때문에 전봇대 하나 제대로 서 있지 않았는데. 연천이든 파주든 의정부든 삼팔선 바로 아래 있는 동네들은 잿더미 위에 막 집을 다시 짓기 시작할 때야.

포장 위에 빨간 페인트로 햄, 고기, 유엔탕이라고 써 있었어. 강렬한 색이었지. 나는 고기라는 글자에 눈길이 콱 박혔어. 포장 천

아래, 드럼통을 잘라 양은 쟁반을 붙인 탁자도 있고 그 앞에 동그란 나무 의자도 있었어.

우리가 식당 안으로 고개를 들이밀자마자 얼굴에 칼칼하고 구수한 김이 확 끼쳤어.

"어서 옵쇼! 이리로 앉으세요!"

우리를 맞이한 사람은 나보다 한두 살 더 먹어 보이는 사내아이였어. 나중에 그 오빠 이름이 정구라는 것과 열다섯 살이라는 걸 알게 되었지. 오빠는 누렇게 빛바랜 식당 위생복을 걸치고 까만 물을 들인 군복 바지를 입고 있었어. 왼손에 커다란 양은 주전자를 들고 맨발 차림이었지. 키는 나이 또래에 비해 작은 편이었는데 대신 몸집이 다부지고 재발랐어. 어린애 같은 목소리가 장사에 이골이 나서 걸걸해진 탓에 묘한 분위기를 풍겼지.

오빠는 내가 식당에 들어서자마자 얼굴이 확 달라졌어. 잠깐 멍한 눈으로 날 쳐다보던 오빠는 우리를 식당 한구석 탁자로 안내했어.

"자, 엽차부터 드시고! 뭐로 올릴깝쇼?"

"뭐야, 복덕방 할아버지처럼."

오빠는 내가 키득거리자 따라서 헹, 하고 싱겁게 웃었어.

"여기는 뭐 팔아?"

순자 고모가 정구 오빠와 시멘트 담벼락에 붙은 종이를 번갈아 쳐다보며 물었어. 검은 먹물로 안주 일체, 빈대떡, 유엔탕, 막

걸리, 소주 뭐 이런 메뉴가 줄줄이 쓰여 있었어. 순자 고모와 난 '유.엔.탕'이라는 세 글자에서 눈을 떼지 못하고 머뭇거렸어. 정구 오빠가 물었어.

"유엔탕 드시러 오셨죠? 우리 집 탕에는 고기가 특별히 많이 들어간답니다."

고기라는 단어가 나오자 순자 고모는 더는 버틸 재간이 없었는지 "응, 그걸로 줘. 밥도 같이 나오지?" 하고는 군침을 꿀꺽 삼키는 거야.

"일 인분에 공깃밥 둘이요!"

정구 오빠는 주방에 대고 고함을 쳤어.

주방에서 "탕 하나에 밥 둘!" 하는 대답 소리가 들려왔어.

나는 속으로 이게 웬 횡재냐 싶어 다소곳이 앉아 있었어. 유엔탕이 뭔지는 모르겠지만 어쨌든 고기가 듬뿍 들었다니 기대해 볼 만하잖아.

순자 고모랑 내가 음식이 나오기를 학수고대하며 식당 안을 두리번거리는데 아저씨 두 사람이 포장을 걷으며 들어왔어.

"야! 여기 탕 둘!"

"예! 아줌마 여기 탕 둘, 합이 셋!"

시키는 손님도, 받는 종업원도 익숙할 대로 익숙한 모습이었어.

조금 있자 우리 상에 찌그러진 양은 냄비 하나가 올라왔어. 순자 고모가 냄비 뚜껑을 조심스럽게 열어 보았지.

"어머! 이게 다 뭐야?"

냄비 안에는 햄과 소시지, 김치와 파가 고춧가루에 범벅인 채로 김을 무럭무럭 내고 있었어. 김과 함께 내 콧속으로 찔러 들어오는 마력의 냄새가 굶주린 창자를 뒤집어 놓았지.

유엔탕은 첫눈에 봤을 때는 김치찌개 같기도 하고 육개장 같기도 했지만 한 숟가락 떠먹어 보니 완전 다른 맛이었지. 김치의 칼칼한 맛이 햄과 소시지의 느끼한 맛을 잡아 주지만, 고기의 구수하고 쫀득한 맛은 그대로 살렸다고나 할까. 남자 어른의 입맛에 맞추느라 많이 맵고 간이 셌지만, 순자 고모나 내게는 그냥 다 꿀맛이었단다.

나중에 들은 얘기지만 정구 오빠는 그때, 고모와 내가 식당으로 들어서는 순간 우리가 겨우 1인분만 시켜 둘이 나눠 먹을 거라고 단박에 알아챘다더구나. 사실 순자 고모에겐 돈이 없었어. 기찻삯과 며칠 묵을 숙박비랑 떼놓고 나면 남은 게 몇 푼 되지 않았거든. 그래도 그날만은 기운 나는 음식을 사 먹고 싶었대. 무엇이든 든든하게 먹고 의정부에서 버텨 나갈 힘을 얻고 싶었다는 뜻이지.

순자 고모의 판단이 옳았어. 유엔탕은 미군 부대에서 몰래 빼오는 햄, 소시지 통조림을 사다가 끓이는 찌개였지. 꿀꿀이죽에도 가끔 운 좋으면 햄이나 소시지 조각이 섞여 있긴 했어. 하지만 꿀꿀이죽에 들어 있는 고기 조각에는 어김없이 이빨 자국이 나 있었지. 몇 입 베어 물다 버린 고기 조각, 그게 꿀꿀이죽이라면 유엔탕에는 네모반듯하거나 동그란 가공육이 듬뿍 들어 있었어. 나는 유엔탕 한 그릇에 세상을 다 얻은 것 같았지. 우리는 냄비가 텅 비고 밥그릇이 밥풀 하나 없이 깨끗해질 때야 고개를 들었어.

유엔탕 2인분을 마파람에 게 눈 감추듯 먹어 치운 아저씨들이 나가자 정구 오빠가 우리 탁자로 와서 앉았어.

"부산에서 왔다고?"

내가 고개를 끄덕이자 또 물었어.

"의정부에 아는 친척이라도 있는 거야?"

내가 고개를 가로젓자 한 번 더 물었어.

"그럼 뭘 믿고 무작정 온 건데?"

고모가 짤막하게 우리 사정을 이야기해 주었어. 그리고 말끝에 물었지.

"얘, 어디 조용하고 깨끗한 여인숙 같은 데 없겠니? 아님 가정집 문간방도 좋은데."

순자 고모가 엽차로 입가심을 하며 정구 오빠의 대답을 기다렸어. 나도 오빠 입만 뚫어져라 쳐다봤지.

"여관이야 역에서 멀리 떨어지면 떨어질수록 깨끗한 거고, 가정집이라면 주방 아줌마가 사는 집도 좋은데."

정구 오빠는 주방 쪽에다 대고 소리를 질렀어.

"아줌마, 잠깐 나와 보세요."

깡마른 아주머니 한 분이 주방에서 나왔어.

"방이랑 일자리를 구한다고? 아이고, 말이 쉽다. 요즘 같은 때에 어디 일자리랑 방이 아가씨 올 때까지 기다리고 있는 줄 아나. 젊은 처녀가 배짱도 좋네."

아주머니는 고모와 나를 번갈아 훑어보며 혀를 찼어.

"돈 가진 건 있고? 탕도 둘이서 하나 시켜 먹던데."

"에이, 아줌마. 말씨가 한 고향 사람 같던데 좀 도와줘요."

정구 오빠가 강아지 꼬리치듯 살랑거리며 역성을 들어 주었어.

아주머니는 고향이란 소리에 눈을 홉뜨더니 어디냐고 물었어.

"개성이요."

고모 대답에 아주머니가 가마솥에 콩 튀듯 엉덩이를 들까불었어.

"정말 개성이야?"

고모가 집 주소를 줄줄 외자 아주머니가 그 내과 의원 자기도 안다며 고모 팔목에 손을 얹었어.

"며칠 묵을 숙박비는 있어요. 돈벌이 시작하면 방세는 거르지 않고 낼 거고요."

순자 고모가 다짐하듯 말하자 아주머니가 입맛을 다셨어.

"마침 어제 내가 세 들어 사는 집 문간방이 비었어. 집주인 내외가 점잖은 분들이긴 한데 보증금을 얼마나 받을지 모르겠네."

고향이 같다는 이유로 일가붙이보다 나은 이웃을 만나던 시절이었지.

"이러고 있지 말고 얼른 가 보자고. 요즘은 피엑스 때문에 몰려드는 피란민이 많아서 방 구하기가 하늘의 별 따기야."

피엑스(PX)란 군부대 안에 있는 상점을 줄여서 부르는 이름이
야. 의정부 제일시장에는 그즈음 벌써 미군 피엑스에서 나오는 물
품들을 취급하는 가게들이 들어차기 시작했어.

순자 고모는 반색을 하며 따라 일어섰어.

나도 덩달아 쫓아 나가다 뒤에서 잠깐만, 하고 부르는 소리에
걸음을 멈추었어.

돌아보니 오빠가 귀까지 벌게진 얼굴로 이러는 거야.

"너 이름이 뭐야?"

그 말에 내 귀도 발갛게 달아올랐어.

"자기 이름을 먼저 가르쳐 준 다음에 물어보는 게 예의 아닌
가?"

톡 쏘는 말에 오빠가 바보같이 헤헤거렸어.

"미안. 나는 정구라고 해. 오정구."

"난 서남희야."

"그래, 남희야. 다음에 또 보자."

나는 대답 대신 오빠를 향해 싱긋 웃어 주었어.

이튿날, 우리는 문간방으로 들어가게 되었단다. 개성댁이라고
불리는 아주머니는 고향에 아들 셋과 시부모님을 놔둔 채 월남했
다고 했어. 서울로 사촌 남동생을 찾으러 간 남편을 만나러 내려왔
다 그만 삼팔선에 막혀 버린 거지. 남편도 못 찾고 고향으로 다시

올라가지도 못하고, 삼팔선 바로 아래 의정부에 머물면서 이제나 저제나 휴전선이 다시 열리기만을 기다리는 거야. 그때야 너 나 할 거 없이 다 엇비슷한 사정을 가지고 있었다지만 어쩌면 우리랑 그렇게 비슷할까 싶었어. 아주머니랑 순자 고모는 금세 의기투합하게 되었지.

우리가 문간방에 세 들어 살기 시작하고 일주일이나 되었을까? 개성댁 아주머니가 밤늦게 우리 방으로 찾아왔어. 고모가 내주는 아랫목에 앉은 아주머니는 걱정 어린 말투로 물었지.

"일거리는 어떻게 할 셈이야? 방이야 인연이 되어서 금방 찾았다고 쳐도 돈 벌기는 녹록지 않을 텐데."

"좀처럼 구해지질 않네요. 닷새 동안 제일시장을 몇 바퀴나 돌았는지 몰라요."

순자 고모는 초조한 표정으로 입술을 깨물었어. 사실 고모는 그즈음 통 밤잠을 이루지 못하고 있었어.

"마땅한 일이 없더라고요."

낯빛이 어두워 가는 고모를 물끄러미 바라보던 개성댁 아주머니가 말했어.

"정 안 되면 우리 가게에서 일해 보지 않겠어? 마침 저녁 장사에 설거지할 보조가 필요하긴 한데…."

유엔탕 집은 나날이 손님이 늘어 가던 때였지. 더위에 지친 어른들은 오히려 뜨거운 국물을 마시며 영양을 보충하려고 했으니까. 개성댁 아주머니는 순자 고모가 일본 유학까지 다녀온 인텔리라는 걸 들어서 알고 있었어. 그래서 일자리를 마련해 주는 입장인데도 오히려 조심스럽고 미안해하는 표정이었지. 하지만 그게 무슨 상관이야. 일본 아니라 미국에서 박사를 하고 왔대도 그때는 누구나 밥만 먹여 준다면 뭐든 하겠다고 덤비던 시절인데 말이야.

"말씀은 고맙지만 아무래도 전⋯."

순자 고모는 죄송하다며 개성댁 아주머니의 제안을 거절했어. 나는 아주머니가 자기 방으로 돌아간 후 고모를 붙잡고 물었어. 순자 고모는 커다란 한숨과 함께 눈을 지그시 떴다 감았어.

"남희야, 우리가 아무리 벼랑 끝에 몰렸다지만 꿀꿀이탕 파는 집에 식모로 들어가겠니."

"꿀꿀이탕이라니, 무슨 말이야! 유엔탕이라고! 길거리에서 파는 꿀꿀이죽이랑은 완전 다른 음식인데 뭐가 어떻다고 그래?"

나는 모처럼 온 좋은 기회를 허망하게 놓치는 고모가 안타까워 엉덩이를 들까불었어. 하지만 순자 고모는 입을 한번 앙 다물더니 이렇게 말했어.

"죽이든 탕이든 그게 그거야. 부산에서처럼은 안 살 거야. 그럴 거면 거기 있지, 왜 의정부까지 왔겠니. 부산에서도 식당 설거지 자리는 얼마든지 구할 수 있었어. 술집이든 밥집이든 부엌데기 노릇은 실컷 할 수 있었다고!"

나는 입을 꾹 다물고 꼼짝하지 않았어. 내가 돌부처처럼 꼼짝하지 않자 고모가 한숨을 길게 내쉬었어.

"어떡하든 미군 부대랑 거래를 하는 가게로 들어갈 거야. 그래야 뭐가 되어도 되는 거라고."

나는 고모의 이글거리는 눈을 올려다보며 가슴이 서늘해지는 걸 느꼈단다. 그러고 보면 순자 고모는 내가 짐작하던 것보다 훨씬 더 큰 계획을 가지고 의정부에 온 거야. 잠자리에 누워 자장가 삼아 두런거렸던 서양식 레스토랑, 그게 순자 고모에게는 일생을 걸고 덤벼야 할 목표이자 야망이었던 거야.

며칠 후, 고모가 일을 구하러 나가고 혼자 있는데 정구 오빠가 찾아왔어.

"학교 안 가니?"

내가 고개를 살래살래 흔들자 또 물었어.

"너 학교 갈 돈 없어서 그래?"

나는 기어들어가는 소리로 응, 하고 고개를 푹 숙였어.

"그럼 우선 돈부터 벌어야겠다."

그 말에 내 머리가 번쩍 들렸어.

매일 밤늦게 돌아오는 순자 고모 고무신에는 먼지가 뽀얗게 앉아 있었어. 고모의 단발머리에도 똑같은 먼지가 밀가루처럼 앉아 있었고. 진종일 길거리를 헤맸으면서도 밤에 이불 속에서 이리저리 뒤치며 한숨만 내쉬었어. 개성댁 아주머니의 설거지 보조 자리를 거절한 걸 후회하는 눈치까지 보였으니 말 다했지. 그 와중에 나라도 돈을 벌 궁리가 있다니, 이게 웬 횡재냐 싶었어.

"뭔데?"

"어이구, 덮어놓고 덤비기는. 너 무거운 거 잘 드니? 오래 들 수 있어?"

"응! 응! 다 들 수 있어."

"야! 이거 장난으로 하는 소리 아니야. 나도 내 이름 걸고 너 소개해 주려는 거야. 그러니까 너 제대로 못 할 거 같으면 아예 나서지 마. 나 욕 들어."

"걱정 붙들어 매고. 근데 어떤 일이야?"

"따라와 봐."

정구 오빠는 잘난 척 뻐기며 앞장섰어. 나는 오빠를 따라 얼음집으로 갔지. 얼음집이 뭐냐 하면 말이다. 재영이 네 방만 한 냉동고에 커다란 얼음을 얼려서 파는 거야. 그런 집을 얼음집이라고 했어. 두부 한 모 잘라 팔 듯 얼음을 네모난 조각으로 잘라서 새끼줄에 매달아 파는 거지. 물론 두부보다는 훨씬 큰 조각이긴 했지만 말이다.

"설마 얼음 지는 일을 하라는 거야?"

나는 와락 겁이 나 물었어.

"야, 얼음 한 개가 네 몸집보다 큰데 그걸 어떻게 옮기겠니?"

오빠는 키득거리며 얼음집 옆에 난 작은 문을 열고 들어갔어.

"이리 들어와."

오빠를 쫓아 들어간 문 안에는 손바닥만 한 마당이 있었어. 그 마당 한쪽으로 커다란 냉동고와 잇댄 문간이 있었고. 그 문간 앞에 네모난 상자가 즐비하게 놓여 있었어. 상자는 하나같이 파란색 페인트로 칠을 하고 가죽으로 만든 어깨끈을 해 달았어. 상자 옆면에는 붉은 붓글씨로 '아이스케키'라고 쓰여 있었지. 그게 뭐냐고? 동그란 막대처럼 생긴 얼음과자지. 그 아이스케키가 서른 개든 마흔 개든 들어 있는 통을 들고 나가 길거리를 돌아다니며 파는 거야. 지금으로 치면 아이스크림 외판원이지. 팥이 들거나 우유가 섞인 얼음과자는 3원씩, 그냥 설탕물 얼린 건 1원씩에 팔았어.

"남희야, 이거 할 수 있겠어? 잘만 팔면 하루 장사에 봉지쌀 하나 정도 값은 번다."

나는 봉지쌀이란 소리에 두 눈이 번쩍 뜨였지.

"응. 한번 해 볼래. 근데 다 못 팔면 어떡하지?"

"그런 걱정부터 하지 말고 어떡하든 다 팔겠다는 각오나 다져."

그날 오후, 나는 아이스케키 서른 개가 담긴 나무통을 메고 의정부역으로 나갔어. 얼음집 사장님이 첫날이니까 딱 서른 개만 담아 준다며 내 어깨에 통을 메 주었거든.

그래서 다 팔았냐고? 창피하지는 않았냐고? 그날은 유난히 해가 쨍하게 내리쬐고 마침 대전에서 오는 기차가 닿는 시간에 맞추어 나가서 그런지 스물다섯 개나 팔았지 뭐냐. 스물여섯 개째 팔려고 통을 여는데 그만 아이스케키가 다 녹아서 곤죽이 되어 있었어. 다섯 개를 못 팔았으니까 다시는 나한테 통을 안 맡기겠지, 하고 풀이 죽어서 얼음집에 갔는데 사장님이 껄껄 웃으며 첫날치고 제법이라며 나한테 5원짜리 지폐 하나를 주더구나. 그게 아마 내가 태어나서 처음으로 번 돈이었지 싶다. 부산에서 피란살이할 때는 그저 고모 얼굴만 바라보며 밥 나오기만 기다리던 내가 돈을 번 거야. 스스로가 신통하고 세상도 신통해서 막 하늘로 솟아오르는 기분이었어. 그날 저녁, 파김치가 되어 돌아온 순자 고모 앞에 5원짜리 지폐를 떡하니 내놓았어. 칭찬받았겠다고? 헤헤헤, 넋이 빠지도록 혼이 났단다. 순자 고모는 고래고래 악을 썼어.

"누가 너보고 돈 벌어 오래? 집에 얌전히 있어! 계집애가 겁도 없이!"

"집에 얌전히 있으면 돈 생겨? 고모도 돈 벌려고 온종일 쏘다니잖아. 근데 왜 나는 안 돼? 나 돈 벌어서 학교 갈 거야. 저 주인집 막내딸처럼 빨간 가죽 가방 메고 학교 갈 거란 말이야!"

"학교는 고모가 어떡하든 보내 줄 거니까 조금만 더 기다리라고 했잖아!"

"고모 오늘도 돈 못 벌어 왔잖아. 허탕만 치고 왔잖아. 하루에 오 원이면 어때? 우리도 돈 있어야 이 방 사글세도 내고 쌀도 사고 전기세도 낼 거 아니야. 언제까지 레스토랑 타령만 하면서 굶고 지내냐고!"

난생 처음 돈이란 걸 벌어 봐서 그랬나? 간이 배 밖으로 나와서 고모한테 막 대들고 시건방진 소리까지 해 댔지 뭐냐. 순간 아차, 싶었지만 순자 고모를 보니 내 말은 이미 고모 머리통을 시원하게 관통하고도 남은 눈치였어. 고모는 멍하니 앉아 있는 걸로 대화를 마무리 지었지. 이튿날도 나는 아이스케키 상자를 메고 역 앞으로 나갔고, 돈을 벌었단다. 그다음 날도, 또 그다음 날도.

며칠이나 지났을까? 내가 막 나무 상자를 얼음집에 돌려주고 돌아서는데 저쪽에서 남희야, 하고 부르는 소리가 들리는 거야. 그날은 겨우 3원 벌이로 장사가 막을 내린 터라 어깨가 축 늘어졌었거든. 근데 돌아보니 순자 고모가 환한 얼굴로 날 향해 팔을 막 흔들고 있는 거야.

"남희야! 남희야!"

순자 고모가 저렇게 환한 표정으로 날 부른 게 얼마 만인지. 햇살처럼 빛나던 고모의 미소를 잊을 수가 없단다. 마치 어둠 속 산길을 헤매던 사람이 갑자기 환한 마을 빛을 본 것 같았어.

고모는 달음박질쳐 오더니 내 두 팔을 꽉 잡고 말했어.

"남희야! 오늘 고모가 누구 만난 줄 아니?"

"누굴 만났는데?"

순자 고모가 숨을 몰아쉬다 터트리듯 대답했어.

"인호 씨를 만났어. 김인호! 남희야! 인호 씨야!"

나는 눈을 껌뻑이며 되물었어.

"김인호가 누군데?"

"일본에서 친하게 지냈던 아저씨야. 왜, 전에 고모가 한번 사진 보여 준 적 있잖니."

순자 고모가 조선인 유학생 친목회 사람들과 찍은 흑백 사진 기억 안 나느냐고 닦달을 했어.

"기억 안 나."

기억이 날 리가 없지, 안 그러냐. 죽을 고비를 수도 없이 넘기고 굶주림에 하루하루를 버틴 그 세월 속에 무슨 여유가 남아 언뜻 구경한 사진 한 장을 되새김질하고 있겠니.

나는 순자 고모에게 1원짜리 지폐 세 장을 내밀었어.

"오늘은 이게 다야. 고모는?"

그즈음 순자 고모는 개성댁 아주머니가 소개해 준 잡화점에서 막 일을 배우고 있었어. 여자 화장품도 팔고, 옷도 팔고, 남자 양말도 파는 양품점이었지. 고모가 일 시작한 지 겨우 보름이나 되었을까, 아직 월급 탈 때가 되지 않아 내가 버는 푼돈으로 보리쌀을 사 먹던 중이었거든. 그날 아침, 고모는 월급을 조금이라도 미리 받을 수 있을지 주인에게 물어본다면서 나갔더랬어. 내가 고모는? 하고 물었던 것도 그 이유 때문이었단다.

"지금 그깟 월급 가불이 문제니. 남희야, 인호 씨가 부대에 있단다."

고모는 내 팔을 잡아끌며 집으로 향했어. 가는 내내 온통 인호 아저씨 얘기만 늘어놓았지.

"가게에 담배를 사러 손님이 들어오는데 글쎄, 난 첫눈에 알아봤지 뭐니. 인호 씨는 내가 알은체를 할 때까지 못 알아봤지만."

고모는 오후에 있었던 일을 꿈결처럼 되뇌기 시작했어.

"날 단박에 준코라고 부르지 않겠니."

고모는 하늘로 솟구쳐 날아오를 것 같은 표정이 되어 가슴에 두 손을 얹었어.

"그래, 나는 준코야, 조스이 준코(徐水順子)! 서순자가 아니라."

지금 생각하면 참 우스운 일이야. 왜정 때 목숨 부지하겠다고 조상이 내린 이름을 성까지 왜놈 걸로 바꾸고, 그걸 또 무슨 자랑이라고 해방이 되고 10년이 넘었는데도 고집을 부리면서 입에 올리다니. 순자 고모뿐이었겠니. 미군정이 들어서고 나서 다들 미국말로 된 이름 하나씩 있어야 출세한다는 소문이 파다했었는데 뭘. 이놈의 나라는 어찌 된 게 배운 놈이면 배운 놈일수록, 사는 놈이면 사는 놈일수록 골수에 사대주의가 박혀서 중국 다음에 일본, 일본 다음에 미국, 여하튼 사대할 나라는 귀신같이 찾아내 알아서 기니, 참 그 요지경 속을 알다가도 모르겠단 말이지.

김인호란 사람도 결국엔 그런 종자 아니었나 싶다. 그 사람이 누구냐고? 나중에 순자 고모랑 결혼했느냐고? 글쎄다. 세상일이, 사람의 인연이 그렇게 단순하게만 풀린다면 무슨 걱정이 있겠니.

순자 고모는 벌겋게 상기된 얼굴로 말을 이었어.

"천구백사십삼 년에 조선으로 나왔대. 일본에서 고등행정시험

에 턱 하니 붙어서 조선총독부 외무부에서 일하다 해방을 맞았다
더구나. 해방되기 직전까지 총독부에 있었으니 좀 난처했나 봐. 그
래서 고향인 경주로 내려가서 조용히 파묻혀 있었대. 그러다 미군
정에서 통역관을 찾는다는 소식에 다시 서울로 올라왔나 봐. 통역
관에서 사무관으로 전쟁 내내 미군을 따라다니다 휴전되고 나서
여기 의정부 미 팔군 부대에 따라온 거지."

순자 고모는 밥상 앞에서도 계속 인호 아저씨 얘기만 했지.

"며칠 내로 연락 줄 거야. 뭔가 도움이 될 만한 일거리를 찾는 대
로 꼭 연락 주겠다고 약속했어. 그러니까 남희야, 너 이제 그 아이
스케키 통 그만 메고 다녀. 네가 안 벌어도 이 고모가 너 빨간 가죽
가방 메고 학교 가게 해 줄 테니까."

그날 저녁 내내 고모가 쏟아놓은 말 중에 이 마지막 한마디만
내 귓속에 콕 박혔어.

'빨간 가죽 가방 메고 학교 가게 해 줄 테니까.'

나는 갑자기 그 김인호라는 아저씨가 새벽녘 떠오르는 태양처
럼 느껴졌어. 그 사람이 누구고, 어디서 일하는지 상관없었어. 나
를 학교에 보내 준다면 그분은 그걸로 내 인생의 영웅인 거야.

난 이튿날 날이 밝는 대로 정구 오빠 식당으로 달려갔어.

"뭐? 군부대에서 사무관으로 일하는 아저씨라고? 순자 누나가
그런 사람과 친구란 말이야?"

정구 오빠는 눈을 동그랗게 뜨고 호들갑을 떨었어. 그런 대단한

사람과 우리 고모가 친하다는 사실 하나만으로도 나는 등에 날개가 돋는 느낌이었지.

"그 아저씨가 곧 고모 일자리를 알아봐 준대. 그러면 나 학교 다닐 수 있어."

나는 아이스케키 장사 그만두기로 순자 고모와 약속을 했다는 걸 알렸어. 정구 오빠는 아쉬운 표정을 잠깐 지었지만 이내 날 위해 웃어 주었단다.

"너 소원 풀게 생겼구나."

열다섯 살인 정구 오빠는 국민학교를 4학년까지 다니다 식당 종업원으로 일하기 시작했어. 오빠도 얼마나 학교가 가고 싶었을까? 철이라고는 손톱만큼도 들지 않은 나는 그런 오빠의 마음은 헤아릴 줄 몰랐어. 그저 오빠가 내주는 유엔탕이나 맛나게 먹을 줄 알았지.

"오빠! 우리 고모가 돈 많이 벌면 유엔탕 질리도록 사 준다고 했다. 그럼 오빠네 가게도 돈 많이 버는 거니까 좋은 거지?"

주방에서 개성댁 아주머니가 고개를 쏙 내밀었어.

"순자가 부대에 아는 사람이 있다고?"

"네, 고모가 일본에서 공부할 때 알던 아저씨래요."

내 대답에 아주머니는 젖은 손을 앞치마에 닦으며 나왔어.

"이름이 뭐래니? 소속은 어디고?"

"이름은 김인호라고 했는데요. 소속이 무슨 말이에요?"

"그래그래, 그건 이따 내가 밤에 네 고모한테 물어보면 되고."

아주머니는 종종걸음으로 다시 주방으로 들어갔어. 그 뒷모습엔 뭔가 뜻밖의 기회를 포착한 이의 설렘이 어려 있었지. 바로 전날 밤 고모의 등에서 느낀 그것 그대로 말이야.

"오빠, 유엔탕 사 먹으러 자주 올게."

내 말에 오빠가 아무렴, 하며 웃었는데 그 미소 띤 얼굴이 왜 그리 쓸쓸하게 보였는지 어린 나는 알지 못했지. 물론 지금이야 다 짐작할 수 있지. 오빠는 내가 부러웠던 거야. 학교 보내 줄 고모가 있는 내가. 정구 오빠는 전쟁고아였거든.

며칠 후, 순자 고모는 커다란 보따리 하나를 들고 들어왔어. 방바닥에 엎드려 한글 쓰기를 연습하고 있던 나는 깜짝 놀라 일어섰어. 커다랗고 검은 보따리가 고모 등에 흑곰처럼 업혀 있었거든. 고모는 방문을 닫더니 끙, 하고 보따리를 바닥에 내려놓았어.

"이게 다 뭐야!"

나는 순자 고모가 펼치는 보따리 속을 보며 눈이 휘둥그레졌어. 그 안에는 립스틱, 크림, 로션, 아기 분, 콩 통조림, 소시지 통조림, 초콜릿, 껌, 비스킷, 양담배, 주스 가루, 조미 땅콩, 빗, 거울…, 아이고 말도 마라. 무슨 물건들이 있었는지 주워섬기려면 오늘 밤이 다 새도 모자랄 거다. 고모는 보따리에서 끝도 없이 쏟아져 나오는 미제 물건을 방바닥에 늘어놓았어. 아이들이 좋아하는 군것질거리가 켜켜이 쌓이는 장면은 경이로움 그 자체였지.

"이거 다 고모 거야?"

순자 고모가 그럼, 하고 대답했어.

"이거 다 어디서 났어? 샀어?"

나는 고모가 무슨 돈이 있어서 이 많은 물건을 샀는지 다시 물었어. 고모가 빙그레 웃으며 내 머리를 쓰다듬었어.

"내일부터 고모가 팔 물건들이야. 고모 돈으로 사 온 게 아니라, 음 그 뭐냐…, 맞다. 남희 너 아이스케키 장사 있지? 그거랑 원리가 똑같은 거야."

그제야 나는 아, 하고 수긍이 갔어.

"고모도 내 아이스케키 통처럼 주인한테서 우선 팔 물건을 받아다 팔고 남으면 다시 가져다주고 하는 거구나."

"응, 비슷한 거야."

"근데 주인이 누군데? 얼음집 사장님이야?"

"뭐? 푸하하!"

순자 고모는 내 질문이 우스웠는지 너털웃음을 터트렸어. 그 모습이 얼마나 여유롭고 자신에 차 있었는지 나까지 웃음이 나더구나.

"이거 인호 씨가 맡긴 물건이야."

내 입에서 절로 우아, 하는 감탄이 흘러나왔어. 내가 새로 다닐 학교를 알아보고 다닐 무렵, 인호 아저씨가 우리 집에 딱 한 번 놀러 온 적이 있었거든. 놀러 왔다고 하기엔 머문 시간이 너무 짧았지만 어쨌든 아저씨는 순자 고모와 내가 사는 방을 꼼꼼히 살펴보고 집 주변이랑 동네도 샅샅이 다녀 보고 갔어. 나는 금테 안경에 멋들어진 군복을 입은 아저씨가 정말 근사해 보였단다. 왼팔 팔목에서 번쩍거리는 은딱지 시계랑 나한테 용돈을 주느라 바지 주머니에서 꺼낸 까만 가죽 지갑까지, 기름이 잘잘 흐르는 멋쟁이. 목소리와 말투도 얼마나 점잖고 예의 바른지 겨우 열세 살 난 계집아이였지만 내 가슴이 두근거릴 정도였다니까. 용돈 하라며 주는 5원짜리 지폐를 받으며 속으로 생각했어.

'아, 고모랑 이 아저씨랑 결혼했으면 좋겠다.'

나도 모르게 옆에 서 있는 순자 고모를 힐끗 올려다보았지. 그리고 순간 깨달았어.

'아, 고모도 나랑 똑같은 생각을 하고 있구나.'

그런데 방 한가운데 쌓여 있는 물건을 보자니 한 가지 궁금한 점이 생겼어.

"근데, 인호 아저씨가 그렇게 부자야? 이렇게나 많이 사서 고모한테 맡기게?"

순자 고모 얼굴에 요 꼬맹이에게 어떻게 설명해야 하나, 하는 복잡한 표정이 떠올랐어.

"인호 아저씨가 사 준 게 아니고 대신 팔아 달라고 고모한테 부탁한 거야. 잡화점에서 허구한 날 물건 팔아 봐야 고모가 받는 월급은 쥐꼬리만 하잖아. 한데 이 물건들은 거의 공짜로 가져온 거라

비싸게 팔면 팔수록 고모한테 이득이 많이 돌아오거든."

그게 그러니까 김인호라는 사람이 미군 부대 안에 있는 군인 상대 면세점에 들어갈 물건들을 몰래 빼내다가 고모에게 팔라고 넘긴 거야. 도둑질 아니냐고? 왜 아니야. 근데 그 시절에는 그런 일들이 꽤 많았단다. 미제 장수, 미제 아줌마로 불리는 사람들이 커다란 가방을 메고 다니며 미군 부대에서 흘러나온 물건들을 팔았지. 전쟁이 끝난 지 몇 년 안 되었으니 뭐든 모자라고 아쉬운 때였어. 면도기 하나, 아기 분 한 통 옳게 만들어 내는 데가 없었지. 그러니까 사람들은 뭐든 필요한 물건이 있으면 미제 장수들을 찾곤 했어. 내가 아는 집도 아줌마가 미제 장수로 평생 벌어서 집도 사고 애들 학교도 다 보내고 그랬단다. 어쨌든 나는 인호 아저씨란 사람이 우리를 무척이나 챙겨 주는구나, 하고 생각했어.

"남희야, 이거 다 팔 물건이니까 함부로 손대면 안 돼."

고모는 이불을 올려놓은 궤짝을 열고 미제 물건들을 차곡차곡 정돈해 넣었어. 궤짝 안이 금방 그득해졌지. 물건을 다 정리한 고모가 궤짝 문을 닫고 자물쇠를 채웠어.

"이거 누구한테도 얘기하면 안 된다. 도둑 들어."

고모가 열쇠를 옷 서랍으로 사용하는 사과상자 맨 아래에 깊숙이 넣으며 말했어.

"너도 함부로 열거나 뭐 꺼내 먹거나 그러면 혼나."

나는 응, 하며 고개를 주억거렸어.

고모는 방바닥에 남은 껌 한 통을 내 손에 쥐어 주었어.

"남희 너는 내일부터 학교 가는 거다. 알았지?"

나는 손아귀 가득 쥐어 진 껌 통을 내려다보았어.

"고모!"

"응."

"나 오늘부터 준코 고모라고 부를래."

"뭐? 왜 갑자기? 그렇게 불러 달래도 안 불러 주더니."

"그냥. 다시 생각해 보니까 고모한테는 순자라는 이름보다 준코라는 이름이 더 잘 어울리는 거 같아."

고모는 "고맙다, 얘" 하며 하하, 웃었어.

이튿날부터 나는 학교에 다니기 시작했지. 나이로만 따지면 초등학교 6학년이지만 3학년으로 들어갔다. 그땐 그런 일이 하도 흔해서 창피하거나 그런 건 없었단다. 대신 하루라도 빨리 공부하고 시험 쳐서 월반해야지, 하는 각오만 옹골찼단다. 월반이 뭐냐고? 말 그대로 학년을 건너뛰는 거야. 1학기에 1년어치 공부를 하고 시험을 쳐서 통과하면 3학년에서 4학년으로 뛰어 버리는 거지. 나는 아이스케키 장사도 그만두었겠다, 고모가 가져다주는 미제 공책과 연필도 수두룩하겠다, 뭐 신났지.

나는 학교 끝나면 곧장 유엔탕 식당으로 놀러가곤 했단다. 순자고모는 미제 장사를 시작하면서부터 밤늦게 들어왔거든. 혼자서 밥해 먹고 공부하기 싫으니까 저녁 장사 직전까지 숙제도 하고 정구 오빠랑 얘기도 주고받으면서 시간을 보내는 거야. 순자 고모가 개성댁 아주머니에게 내 저녁을 챙겨 달라고 밥값을 미리 준 것도 가 있는 핑계 거리였지.

"어이, 학생! 요즘 학교 다니는 재미가 어때?"

정구 오빠는 내가 책가방을 멘 채로 식당에 들어서면 만날 똑같은 농담을 건넸어.

"학교를 무슨 재미로 다니나!"

대답이야 이렇게 했지만 학교 다니는 게 한창 재미나긴 했지. 물론 그 재미를 위해 치러야 했던 대가가 만만치 않아서 입맛이 썼지만….

부산에서는 아침이면 꿀꿀이 죽사발 들고 길가에 서서 등교하는 아이들을 멀거니 바라보는 게 전부였거든. 그런데 의정부에 와서는 그렇게 부럽던 등굣길이 내 차지가 되었잖니. 나는 아침에 교문이 열리는 걸 기다렸다 1번으로 들어가곤 했단다. 그런데 말이다. 학교 다니기 시작한 지 사흘도 되지 않아 문제가 터지고 말았어.

"야, 쟤 어디서 본 거 같지 않니?"

"그러게. 아무래도 낯이 익다. 어디서 봤더라?"

"무슨 가게 같은 데서 본 거 같은데…."

"맞다! 쟤 역 앞에서 아이스케키 장사하던 애 아니니!"

"어머! 어머! 그래! 나 쟤한테 단팥 아이스케키 사 먹은 적 있어."

"웬일이니! 아이스케키 장사가 우리 학교를 다 다니고!"

내가 역전에서 아이스케키 장사한 경력이 교실에 쫙 퍼졌지 뭐야. 다들 어렵게 살 때라 그깟 하드 장사 좀 했다고 무슨 흉이 되겠느냐만 그 학교는 달랐어. 순자 고모가 인호 아저씨한테 특별히 부탁해서 넣어 준 사립학교였거든. 그 학교 다니는 애들은 대부분 부모가 군인 아니면 공무원, 그것도 아니면 의정부에서 한가락 하는 유지들이었단다. 시장 통에 가게 한두 개 가지고 있는 건 명함도 못 내밀 정도였으니 말 다했지. 그런 데를 부모도 없는 삼팔따라지가 덜컥 들어갔으니 말 다했지.

순자 고모는 "우리 집안은 다른 건 몰라도 아들이고 딸이고 교육 하나만은 제대로 시키는 전통이 있다"라며 내 어깨에 란도셀을 메 주었어. 란도셀이 뭔고 하니 일본에서 만든 멜빵 가방인데 1980년대까지 그 란도셀을 메고 다니는 애들은 물어볼 것도 없이 부잣집 아이였단다. 순자 고모는 어디서 어떻게 구해 왔는지 그 가죽 가방을 메 주며 부지런히 공부해 월반하라고 단단히 일렀어. 이 나이가 되어서 생각하니, 순자 고모가 날 그 학교에 집어넣기 위해 김인호라는 작자에게 어떤 얼굴을 했을지 짐작이 가고도 남는구나. 나 역시 재영이 네 아비를 위해 그런 얼굴을 수도 없이 하며 세월을 채웠으니까. 이 할미가 순자 고모 얘기만 나오면 가슴이 미어지는 게 바로 그런 일들 때문이란다.

학교를 다니기 시작하고 사흘이 안 되어 따돌림을 당하기 시작했단다. 잘사는 집 애들이라 그런지 역전이나 시장 통에서 보는 애들처럼 거칠거나 막돼먹지는 않았어. 입에 욕을 담는 애도 보지 못했고. 다들 목소리도 자분자분, 몸가짐도 부드럽고 어찌나 예의 바른지. 그런데 그런 반듯함 속에 칼이 들어 있는 거야. 나는 묘하게 서럽고 외로워지는 학교생활을 견디기 어려웠어. 그래서 고민 고민 하다가 결국 이불 궤짝에 손을 대기 시작했어. 그 왜 순자 고모가 미제 물건들을 숨겨 놓는 상자 있었잖니. 고모가 열쇠를 옷상자 맨 아래에 숨겨 둔다는 걸 잘 알고 있었거든. 궤짝 속에 든 물건들은 전부 내 손아귀에 있는 거나 마찬가지였어.

처음에는 지우개 한번 빌려주지 않는 짝꿍과 친해지려고 껌 한 통 가져가는 걸로 시작했지. 부잣집 애들이라 과자 한 개, 사탕 한 알에 끔뻑 죽는시늉은 하지 않았어. 하지만 누군가 자기 비위를 맞추기 위해 무언가 가져와서 내민다는 사실은 즐거운 법이니까.

나는 아이들에게 기죽지 않기 위해, 또 아이들과 친해지기 위해 궤짝 속에 든 군것질거리를 야금야금 훔쳐 냈지. 순자 고모가 워낙 바쁘고 가지고 오는 물건은 많아서 내가 한두 개 꺼내 간다고 그 날 당장 알아채지는 못했어. 나도 가끔씩 고모에게 내가 먹을 거라고 미리 허락을 구하기도 했어.

"군것질 너무 많이 하지 마라. 이 썩는다."

고모는 궤짝 속을 들여다보며 잔소리를 했어. 나는 응, 하고 대답하고는 가슴을 쓸어내렸지.

그러던 어느 날이었단다. 내가 크게 마음먹고 가져간 허쉬 초콜 릿으로 아이들 환심을 사고 있는데 담임 선생님이 날 불렀어. 학교 가 끝나고 남으라고 해서 난 전날 청소 당번 빼먹고 도망간 걸 담 임이 아는 게 아닌가 싶어 지레 겁을 먹었지.

"남희야, 너희 집이 큰 식료품점 한다며?"

담임은 순자 고모만큼이나 젊고 많이 배운 티가 줄줄 흐르는 여 자 선생님이었어. 항상 달콤한 향수 냄새를 풍기는 블라우스를 입 고 있었지. 나는 담임이 순자 고모가 잡화점 가게 사장님이 아니라 보따리 미제 장수라는 사실을 알게 된 건 아닐까 하고 가슴이 철 렁했어.

"…네."

나는 기어 들어가는 소리로 대답했어.

"아유, 잘되었다. 남희야 혹시 너희 가게에 가루 커피 있니?"

"가루 커피요?"

"응. 반장인 형민이에게 들으니까 남희 네가 친구들에게 과자 턱을 그렇게 잘 쓴다며."

순간 등골이 서늘해졌어. 혹시 선생님이 내 도둑질을 알고 있는 걸까? 그걸 알고 순자 고모한테 일러바치기 전에 나를 떠보는 거 아닐까? 그것도 아니면 이미 다 알고 순자 고모랑 짜고 나를 시험 하는 건 아닐까? 도둑이 제 발 저린 격으로 별별 생각이 다 들면서 머릿속이 뒤엉켰지.

"왜 가게에 그런 거 없던?"

나는 담임 선생님 얼굴을 뚫어져라 쳐다봤어. 멋 내는 데만 골몰하던 젊은 여선생은 말간 표정으로 내 시선을 받아 낼 뿐이었지. 순간, 아! 걱정한 일은 하나도 일어나지 않았구나, 하는 직감이 나를 꿰뚫었지. 판단이 서자 얼른 머릿속으로 궤짝 안을 뒤졌어. 가루 커피라면 커다란 유리병에 든 갈색 알갱이들 얘기하는 거 맞겠지?

나는 느릿하게 대답했어.

"있는 거 같아요."

"어머! 정말!"

담임 선생님은 반색을 하며 내 손을 잡아 쥐었어. 담임이 내 손을 잡다니, 아마 내가 학교에 다니기 시작하고 처음으로 있는 일이었을 거야. 거기다 그 여자는 내가 학교 다니고 나서 처음 보는 상냥한 미소를 지었어. 그 미소는 주로 반장인 형민이나 부반장인 정숙이를 향한 것이었는데 그 순간만큼은 오직 나만을 위한 서비스인 거지.

"혹시 하나 가져다줄 수 있겠니? 돈은 선생님이 줄게."

당연히 돈은 줄 리가 없다는 걸 선생님도 알고 나도 알고 있었지.

"네, 집에 여쭈어보고 가져올게요."

난 집으로 돌아가는 길 내내 궁리를 했어. 고모한테 말하고 가져가야 하나, 아니면 그냥 평소처럼 말없이 집어 들고 가야 하나.

순자 고모한테 말하면 고모는 분명 그 핑계로 담임 선생님을 찾아와 인사를 하겠다고 할 것이고, 그렇게 되면 그동안 해 온 내 좀도둑질은 발각될 게 뻔하고, 말 안 하자니 커피는 병이 커서 금방 들킬 거 같고….

"아! 골치 아파 미치겠네!"

내가 툴툴거리며 들어서자 정구 오빠가 뭔 일이냐고 물었어.

"오빠 몰라도 돼. 이모 저 밥 주세요!"

그즈음 나는 개성댁 아주머니를 이모라고 부르고 있었단다. 밥을 먹으며 고민한 끝에 난 고모에게 말하지 않고 커피 병을 꺼내 가기로 결심했어. 아무리 생각해 봐도 담임 얘기를 꺼냈다간 일이 엉뚱한 방향으로 흐를 것 같았거든. 그렇지 않아도 순자 고모가 슬슬 껌이며 초콜릿, 비스킷 깡통 숫자가 너무 빈다는 걸 알아채던 중이었거든.

난 결심했지.

'아무래도 안 되겠다. 그냥 가져가고 고모한테 들키면 그때 가서 얘기하면 되지, 뭐.'

나는 열한 시가 넘도록 들어오지 않는 고모를 기다리다 궤짝 자물쇠를 열었어.

나는 궤짝 맨 안쪽 구석에 박혀 있는 유리병을 꺼내느라 낑낑거렸지. 거기까지 팔이 안 닿아 앞쪽에 있는 물건들을 죄다 방바닥에 꺼내 놓은 참이었지. 방 안이 미제 물건들로 어수선했어.

"야! 됐다!"

내가 막 묵직한 커피 병을 꺼내는데 방문이 드르륵, 하고 열렸어.

"남희야! 너 뭐 하니!"

"엄마야!"

놀란 나는 그만 병을 놓치고 말았어.

커피 병은 쿵, 소리와 함께 방바닥으로 데구루루 굴렀어. 순자 고모는 맴돌이를 하는 커피 병을 황당한 눈길로 쳐다보다 소리쳤어.

"얘 좀 봐! 궤짝을 다 헤집어 놓고!"

순자 고모가 와락 달려들어 내 어깨를 움켜쥐었어.

"요즘 아무래도 물건 개수가 비는 게 수상하다 했어. 너 언제부터 이 짓 했니? 응?"

고모 목소리가 콱 잠기더니 울음이 섞여들었어. 화도 화지만 그보다 속상한 티가 역력했어.

"너 물건 훔쳐 내서 어디 가져갔니? 어디다 팔아먹었어!"

"안 팔아먹었어. 절대 안 팔아먹었어."

내가 부들부들 떨며 대답하자 고모가 나를 쥐고 흔들었어.

"안 팔아먹었으면 네가 다 까먹었어? 그럼 커피 병은 뭐야? 너 커피도 타 마셔?"

"이건 선생님이 가져오래서 꺼낸 거야."

"뭐? 네 담임이?"

나는 순자 고모에게 이실직고할 수밖에 없었어. 현장 검거를 당했으니 빠져나갈 구멍이 있나. 내 얘기를 다 들은 고모가 깊은 한숨을 내쉬었어.

"장사 다닌다고 애를 제대로 챙기질 못했더니…."

순자 고모는 사립학교 아이들이 어떻게 생겨 먹은 애들인지 훤히 알고 있었어. 고모도 사립여학교 출신이었으니까. 또 부산에서 피란살이하느라 길바닥을 헤매 다닌 경험이 있으니 부잣집 애들한테 둘러싸여 서러움 안 당하려고 발버둥 치는 내 형편도 다 이해했지.

"그래도 도둑질은 도둑질이야. 절대 안 돼!"

그날 밤, 나는 순자 고모에게 호되게 야단을 맞았어. 그런데 좀 이상한 게 있었어. 호통 치는 고모에게 묘한 기운이 풍겼거든. 고모는 뭔가에 쫓기는 사람처럼 허둥거렸어. 허둥거리면서 지나치게 화를 냈어. 조카딸을 야단치느라 역정을 내는 게 아니라 다른 뭔가에 크게 화가 나서 어쩔 줄 모르는 모습이었던 거야. 껌과 사탕, 비스킷 몇 개를 훔친 좀도둑질치고는 혼이 나갈 정도로 길길이 뛰는 거지. 물론 순자 고모가 원래 신경질적인 성격이라는 건 아까 얘기한 바다. 그래도 이번 건은 다르더라고. 난 야단을 맞으면서도 고모가 도대체 왜 그러는지 궁금해지더구나. 그 이유가 밝혀진 건 바로 이튿날이었어.

한창 국어 수업을 받고 있는데 갑자기 교실 문이 벌컥 열렸어. 교감 선생님이 수업 중간에 찾아오다니 이건 예삿일이 아니잖아.

교실 안에 긴장이 돌았어. 담임이 놀란 눈으로 마중을 나가자 교감이 물었어.

"이 반에 서남희라는 학생 있지요?"

선생님이 예, 하며 나를 가리켰어. 나는 얼떨결에 자리에서 일어났지.

"너 당장 책가방 싸 가지고 교무실로 와라."

교감 선생님은 차가운 말 한마디만 남기고 문을 닫았어. 교실이 술렁거렸지. 담임은 나만큼이나 얼떨떨해서 앞문과 나를 번갈아 쳐다보았어.

"얼른 가 봐. 집에 무슨 일 있나 보다."

나는 두근거리는 가슴을 억누르며 복도로 나왔어. 아직 수업 시간 중간이라 긴 마루는 조용하고 깔끔했지. 하지만 그 텅 빈 곳을 혼자서 가로지르자니 불길한 예감에 온몸이 떨렸어. 뭔가 큰일이 눈앞에서 곧 터질 거라는 예감, 전쟁 통에 예리해진 감각이라고는 그런 불길함을 미리 짐작하는 촉뿐이었단다.

나는 교무실 문을 드르륵 열고 들어갔어.

"네 고모가 서순자 맞니?"

교감 선생님은 자기 앞에 멍하니 서 있는 계집아이에게 물었어.

"네. 우리 고모한테 무슨 일이 있나요?"

나는 심장이 터질 것처럼 두근거렸어. 고모가 무슨 사고라도 당한 걸까, 싶어 눈앞이 아득했어.

"방금 경찰서에서 연락이 왔는데 오늘 새벽에 네 고모가 미군 헌병에게 붙잡혔다는구나. 연락할 가족이라고는 너밖에 없다면서 학교로 전화가 왔다."

"헌병대요? 왜요?"

나는 손이 벌벌 떨리는 걸 간신히 움켜쥐고 물었어. 그런데 교감 선생님은 엉뚱한 소리를 했어.

"김인호 사무관하고 어떻게 되는 사이냐?"

"네?"

"아니, 네 서류철에 김인호 사무관 추천서가 있어서 말이야."

"우리 고모랑 아는 사이에요."

"아는 사이? 네 고모랑 애인 사이냐?"

"그, 그건 잘 모르지만 인호 아저씨가 우리를 많이 도와주는 좋은 사람이라고 했어요, 고모가."

"도와주는 사람? 허!"

교감 선생님은 콧방귀를 뀌며 기분 나쁜 미소를 흘렸어. 내 얼굴이 굳어 버리자 다른 자리에 앉아 있던 학생주임 선생님이 말했어.

"교감 선생님, 애가 뭘 알겠습니까. 그냥 제 고모한테 가 보라고 하죠."

"아니, 혹시나 우리 학교로 불똥이 튈까 봐 그래요. 추천장을 쓴 사람이 김인호라고 하는데 그 사람이 미군 부대에서 피엑스 물건 빼돌리는 밀수꾼이었다잖아요. 그런 사람이 빽 써서 들어온 애라니 어디 짐작이나 했겠어요."

교감 선생님은 내가 제 앞에 서 있다는 것도 아랑곳없이 내뱉었어.

나는 대역죄를 지은 사람처럼 온몸이 굳어 서 있었지. 그러자 학생주임 선생님이 내게 다가와 등에 손을 얹었어.

"얼른 가 봐라. 네 고모 지금 지서에 있단다."

나는 학생주임 선생님이 떠미는 대로 교무실을 나왔어. 내 등 뒤에서 교무실 문이 닫히는 소리가 들렸지. 순간 알 수 있었어. 다시는 이 학교에 발을 들일 일은 없을 거라는 걸 말이다.

교문을 나온 나는 어디로 발길을 잡아야 할지 막막해 멍하니 서 있었어. 그러다 아 참, 하고 유엔탕 집 쪽으로 발을 내딛었지. 의정부 바닥에서 내가 유일하게 기댈 수 있고 찾아갈 수 있는 데는 그 집뿐이었거든. 나는 사색이 된 채 식당으로 들어갔어.

"이모! 이모! 큰일 났어요!"

정구 오빠는 눈물범벅이 되어 뛰어 들어오는 날 보더니 벌떡 일어섰어. 주방에서 개성댁 아주머니가 나왔어.

"오빠, 어떡해! 우리 고모 붙잡혀 갔대."

나는 간신히 참았던 울음보를 터트리며 개성댁 아주머니에게 매달렸어.

자초지종을 들은 아주머니와 오빠는 서로를 바라보며 입술을 깨물었어.

"남희야, 너는 여기 있어라. 이모가 경찰서에 가 볼 테니. 정구야, 애 밥 좀 먹이고 있어. 손님 오시면 불 위에 준비해 둔 탕 끓여서 내드리면 된다."

"걱정 말고 다녀오세요."

정구 오빠가 따라나서겠다는 나를 붙들며 대답했어.

답답한 시간이 흐르고 저녁 장사 시간이 되었어. 오빠는 아주머니도 없이 손님을 치르느라 눈코 뜰 새 없이 바빴지. 한구석에 앉아 훌쩍거리던 나도 보다 못해 일어섰어.

"오빠, 내가 상 치우고 설거지할게."

오빠는 처음에 주저하는 것 같았지만 이내 그래 좀 도와줘, 하고 말했어. 나는 오빠를 도와 저녁 시간이 다 가도록 일을 했지. 그게 아마 내 생애 처음으로 식당 일을 해 본 날일 거야. 괴로움을 잊는 즉효 약은 일하는 거라는 진리를 그때 처음 깨달았단다. 상 치우고 설거지하고 반찬 담아다 나르고 하느라 정신이 없어서 잠시 잠깐이지만 고모 걱정에서 놓여날 수 있었거든.

저녁 장사가 마무리되고 자정이 가까워져서야 개성댁 아주머니가 식당으로 돌아왔어. 정구 오빠랑 내가 팔다 남은 유엔탕을 끓여서 나눠 먹고 있을 때였지.

"어떻게 됐어요? 고모는요?"

개성댁 아주머니는 의자에 털썩 앉으며 한숨을 내쉬었어.

"휴, 세상인심 참 더럽다. 배운 사람이 더한다더니 어째 일이 그

지경이 되었는데 코빼기도 안 보여."

그러더니 머릿수건을 벗어서 옷에 묻은 먼지를 탁탁 털었어.

"어떻게 된 거예요. 순자 누나가 뭘 잘못했기에 붙들려 가요?"

정구 오빠가 아주머니를 재촉했어.

"말도 마라. 오늘 새벽에 부대 담장 밑으로 깡통 박스 몰래 빼내는 걸 그 자리에서 헌병한테 걸려서 바로 경찰서로 넘겨졌단다."

나는 이해할 수 없었어. 우리 고모는 도둑이 아니었거든. 고모가 분명 말했어. 인호 아저씨가 미군 부대에서 남아도는 물건들을 모아다 고모한테 팔라고 부탁한 거라고 말이야. 미군 부대 안에는 입을 거, 먹을 거, 쓸 거가 차고 넘쳐서 썩어 버리기 바쁘다고. 난 그 말을 철석같이 믿었어. 길거리 드럼통에 파는 꿀꿀이죽만 봐도 그렇잖아. 미국 군인들이 먹다 남긴 짬밥에 주먹만 한 햄 덩어리에 기다란 소시지, 멀쩡한 식빵이 고스란히 들어 있었거든. 그런 귀한 음식들을 겨우 한 입 베어 물고, 아니면 손도 안 대고 버리는 사람들이라면 껌이든 초콜릿이든 그깟 군것질거리야 발에 채일 거 아니야. 그런 걸 조금 모아다가 꼭 필요한 사람들한테 팔면 누이 좋고 매부 좋은 거지, 왜 그게 죄가 돼? 여기까지 머릿속으로 외치고 있는데 목소리 하나가 울렸어.

"그래도 도둑질은 도둑질이야! 절대 안 돼!"

순자 고모가 커피 병을 훔쳐 내는 날 야단치던 말이야. 그제야 깨달을 수 있었어. 왜 고모가 날 혼내며 그리도 열을 냈는지. 고모는 좀도둑질을 하는 조카딸을 보며 자신의 모습을 본 거야. 도둑질은 나 하나면 족하다, 조카딸까지 도둑년으로 만들 수는 없다. 틀림없이 고모는 이 말이 하고 싶었을 거야.

개성댁 아주머니 말이 계속 이어졌어.

"순자가 김인호 불러 달라고 형사한테 매달리는데 어휴, 보기 얼마나 딱하던지. 전화를 몇 번씩이나 해도 자긴 모르는 일이라며 발뺌을 하는 놈한테 무슨 희망이 있다고 김인호, 김인호 불러 쌌는지 내가 다 울화통이 터지더라."

밤늦게 김인호가 경찰서에 나타나기는 나타났대. 그런데 형사 책상 앞에 앉아 있는 고모는 본체만체 서장실로 곧장 들어가더란다. 한참 만에 나온 김인호는 역시나 고모 쪽으로는 눈길 한 번 주지 않고 경찰서를 빠져 나가더란다. 나중에 들은 얘기다만, 헌병이 그 시간에 담벼락 아래에 있는 고모를 붙잡은 것도 다 계획적이었다더구나. 원래 그 시간에는 순찰을 돌지 않는대. 그런데 미군 부대에 김인호처럼 통역사로 일하던 한국 군인 하나가 밀고를 한 거지. 왜 헌병대에 밀고를 했냐고? 김인호가 밀매업으로 재미를 보는 걸 평소 시기하던 놈이었거든. 그래서 헌병대에 뒷돈을 주고 순자 고모를 붙잡게 해서 결국 김인호까지 두 손 두 발 묶어 놓고 제가 밀매를 대신하기 시작했다더구나.

며칠 후, 나는 다시 아이스케키 통을 메고 의정부역 앞으로 나가기 시작했단다. 학교는 진작 그만두었지 뭐. 가끔 기차를 타러

나온 반 애들하고 얼굴이 부딪히기도 했지만 서로 모른 척하고 말 았단다. 교실에서 내가 나눠 주는 껌이며 초콜릿을 기쁜 표정으로 받아먹던 아이들이 쌀쌀한 눈길로 내 아이스케키 통을 힐끗거렸지만 난 아무렇지도 않았어. 고모가 경찰서 유치장에 붙들려 있는 동안 내가 먹을 쌀은 내 힘으로 사야 했거든. 밤늦게 유엔탕 집으로 찾아가 남은 반찬에 고추장을 비벼 한 그릇 먹기도 하고, 손님들이 남기고 간 유엔탕을 한데 모아 끓여 정구 오빠랑 나눠 먹기도 했단다.

"오빠, 나는 이 유엔탕 말이야. 먹어도 먹어도 안 질려. 참 신기하지."

"너 낮에 집에서 공부하는 거 게을리하면 안 된다."

정구 오빠가 가끔씩 내 공부를 점검했어. 오빠는 그즈음 야학에 다니기 시작했거든. 나 역시 학교는 그만두었지만 집에서 혼자 교과서를 펼쳐 놓고 공부를 했어. 야학이 중학교 과정부터 가르치니까 초등학교 공부는 독학으로 마치고 시험을 치러야 야학에 다닐 수 있었단다. 뭐? 그게 홈스쿨링이냐고? 이 할미가 야학으로 중학교를 나왔으니 꼬부랑말에 영 까막눈은 아니다만 그게 무슨 말이냐?

어쨌든 순자 고모가 풀려난 건 붙들려 가고 한 달이나 더 지난 후였어. 경찰서에서 고모가 풀려난다는 소식을 들은 개성댁 아주머니가 정구 오빠와 날 불렀지.

"내일 배추랑 무 들어오는 날이라 내가 가게를 비울 수가 없어. 그러니까 너희 둘이 순자 마중 다녀 오거라."

순자 고모가 풀려난다는 말에 눈물부터 왈칵 쏟아지려고 했지만 꾹 참았어. 우는 건 나중에 해도 되잖아.

경찰서 정문을 나오는 순자 고모는 면회 갔을 때보다 훨씬 더 수척해 보였어. 밝은 햇살 아래 보니까 머리도 푸석해지고 피부도 회색빛이었지. 한 달 넘게 햇볕을 쬐지 못해 그런가 싶었단다.

"남희야!"

순자 고모는 정문 앞에 선 나를 보더니 가녀린 목소리로 부르며 고개를 푹 숙였어.

"순자 누나 이거!"

정구 오빠가 들고 간 두부를 내밀었어.

순자 고모는 두부를 받아들고 멍하니 서 있다 다시 정구 오빠에게 내밀었어.

"이거보다 먹고 싶은 게 있어."

순자 고모는 내 뺨을 양 손으로 쥐고 날 가만히 들여다보더니 앞장섰어. 오빠와 나는 멍해서 그냥 고모만 쫄래쫄래 따라갔지.

"언니! 저 왔어요!"

순자 고모는 가게로 들어서며 개성댁 아주머니를 불렀어.

아주머니가 주방에서 나와 고모를 얼싸안았지.

"그동안 남희 보살펴 주셔서 감사해요."

순자 고모는 허리를 숙여 인사를 했어. 그리고 말했지.

"저 유엔탕 일 인분만 끓여 주세요."

"그래그래. 얼른 앉아. 내 푸짐하게 한 냄비 끓여 올 테니까."

잠시 후 순자 고모 앞에 바글거리는 유엔탕 한 냄비가 놓였어.

"이게 얼마나 먹고 싶던지."

순자 고모는 이 말을 끝으로 말없이 밥을 먹기 시작했어. 우리 세 사람은 고모 앞에 둘러앉아 먹는 걸 지켜보았지.

냄비가 싹 비워지고 순자 고모가 휴, 하는 긴 한숨과 함께 고개를 들었어. 아까 경찰서 정문으로 나올 때 얼굴과는 딴판으로 생기가 돌았어.

"언니, 저 부탁 하나 있어요."

"응? 뭔데?"

"저 여기 주방에서 일 좀 배우려고요. 아직 설거지 식모 못 구하셨죠?"

순자 고모 말에 우리 세 사람은 두 눈이 휘둥그레졌어.

개성댁 아주머니가 빙그레 웃으며 대답했어.

"아직 못 구했지. 그럼 내일부터 새벽 일찍 출근해. 마침 깍두기랑 겉절이 담그는 날이니까."

자, 여기까지가 이 할미가 해 주는 얘기 끝이다. 뭐? 그래서 뒤에 어떻게 되었느냐고? 어떻게 되긴 뭘 어떻게 돼. 재영이 네가 앉아 있는 이 부대찌개 식당이 바로 순자 고모가 의정부에서 처음으로 부대찌개 간판 내건 원조 집이 된 거지. 그럼 유엔탕이랑 부대찌개가 다른 거냐고? 아니, 다르다기보다는 유엔탕이 부대찌개의 할머니쯤 되는 거지 뭐. 재영이 네가 이 서남희의 손녀인 것처럼 말이다. 에구구, 벌써 시간이 이렇게 되었네. 수다 그만 떨고 저녁 장사 준비해야겠다. 오늘은 단체 손님 예약이 있어서 이 할미가 많이 바쁩니다. 재영이는 그만 집에 가서 숙제나 하시죠.

★ ★ ★ ★ ★ ★ ★

떡라면

"어서들 와! 라면 다 익었어!"

성자가 연탄불 앞에 쪼그리고 앉아 소리쳤다. 먼지가 켜켜이 쌓인 공장 여기저기서 머리들이 움직이기 시작했다.

"이거 진짜 성자 언니가 내는 거야?"

"라면이 다섯 봉지면 얼마야? 오십 원씩이나 써도 괜찮아?"

미싱사 주미와 미싱 시다 현자가 동그란 눈으로 성자를 바라보았다. 성자가 커다란 양은 냄비를 재단 탁자에 놓으며 대답했다.

"괜찮아, 괜찮아! 지난달 야근 수당까지 받았는데 뭐. 오늘 다 같이 라면 먹으려고 집에서 김치도 가져왔어."

어느새 젓가락까지 챙겨 든 영호가 탁자 앞에 앉아 입맛을 다셨다.

"하긴 성자 누나가 이번 달 수당 제일 많이 가져갔을걸."

★91

녀석은 준식 밑에서 일 배우는 재단 보조다. 준식은 옷 공장 재단사이자 반장이다.

준식이 탁자 위에 쌓여 있던 원단을 다른 탁자로 옮기며 거들었다.

"수당이라 봐야 얼마 된다고. 하여튼 성자는 인심도 좋다."

성자가 도시락 가방에서 김치보시기를 꺼내며 배시시 웃었다.

현자가 끼어들었다.

"그럼 이번 달 야근 수당은 성자 언니가 일등인가?"

성자가 손을 내저었다.

"주미 언니가 나보다 이틀이나 더 했는걸."

주미가 샐쭉했다.

"이틀 더 하면 뭐하니. 가을 점퍼 안감 뒤집어 박는 바람에 물어내느라고 월급에서 한 뭉텅이 잘렸는데."

주미는 구시렁거리며 도시락 통을 꺼냈다. 낮에 남긴 찬밥에 라면 국물을 부어 말아 먹을 요량인 듯했다. 그 모습을 보던 영호와 현자도 제 것들을 꺼냈다. 모두 도시락에 밥 한 덩이씩은 남아 있었다.

"역시 뜨끈한 국물이 있으니까 술술 넘어간다."

점심시간이라고는 하지만 20분밖에 되지 않았다. 어깨를 펴 볼 새도 없이 입에다 찬밥을 욱여넣고 다시 미싱 앞에 쭈그리고 앉아야 한다. 입맛이 날 리가 없었다. 게다가 자욱한 먼지 속에서 씹고 있자면 밥을 삼키는 건지 실밥 먼지를 삼키는 건지 분간이 안 갈 정도였다.

"미끌미끌한 면발 덕분에 목에 걸렸던 실밥이 쑥 내려가네."

"참, 라면은 누가 만들었는지 기특해."

"그러게. 끓이기 쉽고 간편하고 먹으면 배부르고. 우리처럼 시간에 쫓기는 공순이 공돌이들한테는 이만한 음식도 없어, 그치?"

"빨리 끓여서 빨리 먹고 빨리 일하라는 뜻이지 뭐."

라면 그릇에 코를 박고도 주거니 받거니 다 하는 수미와 현자 덕분에 모두 와, 하고 웃음을 터뜨렸다. 성자는 라면 먹기에 여념이 없는 동료들을 보며 생각했다.

'이따 집에 갈 때도 좀 사 가야겠다.'

동대문 평화시장 247호 삼원사. 열여섯 살 성자가 1년 넘게 미싱사로 일하고 있는 옷 공장이다. 성자가 미싱 시다, 그러니까 보조로 3년 넘게 원단 기레빠시(자투리 천)와 씨름을 해서 얻은 자리가 저 하얀 형광등 아래다. 묵직한 전기 재봉틀 앞에 붙어 앉아 하루 열네 시간을 꼬박 바늘 끝만 쳐다봐야 하지만 성자는 이 일이 좋았다. 국민학교 졸업장을 끝으로 학교와는 인연이 다했다. 배운 것 없고 아는 것 없고 재주 없는 계집아이가 서울로 올라와 돈벌이할 수 있는 곳이 동대문 평화시장이었다. 비록 시다 생활 3년 동안 사장의 욕지거리와 반장의 피 말리는 채근, 그리고 미싱사 언니의 눈물 나는 구박이 양념처럼 따랐지만 그런 것쯤이야 한 귀로 듣고 한 귀로 흘리면 그만이었다.

진짜 힘든 건 일이었다. 미싱사가 된 뒤로 잠 안 오는 알약까지 삼켜 가며 버티지만, 일거리는 언제나 산더미였다. 그 옷감 구덩이 속에서 온종일 구부리고 앉아 있자면 허리랑 어깨는 끊어질 듯 아프고 눈은 말할 수 없이 따가웠다. 요즘 들어서는 목도 좀 이상했다. 감기에 걸리면 쉽게 낫지 않고 항상 가래가 목구멍에 걸린 듯 답답했다. 물론 성자만 그런 게 아니었다. 동대문 옷 공장에 다니는 애들치고 기관지 성한 애가 어디 있을까 싶었다.

성자는 '그래도 나는 다른 동료보다는 나은 처지다'라며 마음을 추슬렀다. 반장인 준식 오빠가 있기 때문이었다. 여기 삼원사는 준식 오빠 보고 다니는 거라 해도 과장이 아니었다. 준식은 야간 고등학교 1학년까지 다니다 휴학 중이라 그런지 다른 재단사들과는 좀 달랐다. 입에 욕을 달고 살지도 않았고 자신의 실수나 잘못을 보조한테 덮어씌우지도 않았다. 미싱사나 미싱 시다들에게 더러운 농담도 던지지 않았다. 다만 일에 있어서만은 철두철미했다. 전에 다니던 현대사에 비하면 삼원사는 그나마 사람 다니는 직장 같았다.

"오빠 이것 좀 더 드실래요?"

성자가 제 라면 그릇을 슬쩍 준식에게 밀었다.

"어? 난 됐어."

준식이 손을 내저으며 일어섰다. 그만 먹겠다는 표시이자 다들 서둘러 먹고 치우라는 신호였다. 원단에 김치 냄새, 라면 냄새 배면 정 사장이 또 한바탕 퍼부을 게 뻔했다. 반장인 준식은 그걸 걱정하느라 조바심을 내는 것이다.

'내가 배불리 먹는 거보다 오빠가 배불리 먹는 게 더 좋은데.'

성자는 그릇에 소복이 담긴 꼬불꼬불한 면발을 들여다보며 시무룩해졌다. 그때 영호가 성자 그릇을 낚아챘다.

"그럼 내가 대신 먹어도 되지?"

성자는 어어, 하다 말았다. 주미가 킬킬거리며 한마디 했기 때문이다.

"야, 조영호! 넌 눈치 없이! 성자가 배불러서 양보한 거냐? 왜 네가 가로채!"

"아니야. 난 진짜 배불러서 그런 거야. 남기는 거 아깝잖아."

성자가 변명처럼 손을 내저었지만 귀 기울이는 사람은 없었다.

뒷설거지를 마친 성자가 퇴근 준비를 서둘렀다. 오늘은 월급날이라 잔업이나 야근이 없었다.

"그럼 저 먼저 가요! 내일 봐요!"

성자는 공장을 나와 잰걸음으로 집으로 향했다. 청계천 변을 따라 판잣집들이 해변 바위에 붙은 따개비처럼 다닥다닥 매달려 있었다. 그중에 하나가 성자네 여섯 식구가 사는 집이었다. 방 하나에 부엌 하나, 변소는 골목 끝에 있는 공동 화장실을 쓰고 수도도 한동네 사람들이 나눠 쓰는 공동 수도다. 예전엔 청계천에서 빨래도 하고 채소도 씻었다지만 요즘 물 흐르는 걸 보면 설마, 싶다. 저렇게 냄새나고 더러운 이끼가 푸르뎅뎅한 개천에서 무슨 빨래를 했을까 의아할 정도였다. 청계천에 기대 서 있는 판자촌에서 쏟아내는 오물과 하수가 '푸른 내'라는 이름의 개울을 더러운 하천으로 탈바꿈시킨 것이다.

성자는 동네 구멍가게에 들러 라면 네 개를 샀다. 아버지, 엄마, 성옥이, 성희, 그리고 막내이자 유일한 아들인 성재까지 라면을 기다리는 식구가 다섯이다. 성희랑 성재가 반씩 나눠 먹고 아버지 엄마 성옥이 몫으로 한 개씩, 성자는 손을 꼽아 셈을 한 후 돈을 치렀다.

"엄마, 저 왔어요."

성자가 문 앞에 다다르기도 전에 귀가 인사를 했다. 그와 동시에 성희와 성재가 구르듯 달려 나왔다.

"큰언니!"

"큰누나!"

아직 철부지 동생들이다. 성희가 이제 아홉 살, 성재가 일곱 살이다. 애들은 성자 손에 들린 종이봉투를 보자 입이 함지박만 해졌다.

"뭐야? 뭐야?"

"엄마랑 아버지 계시지? 누나가 라면 사 왔어."

"우아! 신난다!"

둥그런 두레상에 저녁상이 차려졌다. 아까 옷 공장에서처럼 커다란 양은 냄비에 라면이 담겨 있었다. 다만 라면 사이사이 소면이 같이 얽혀 그 양이 푸짐했다. 엄마는 라면을 끓일 때 꼭 소면을 같이 넣었다. 그러면 라면 세 봉지 가지고도 다섯 명이 배불리 먹을 수 있었다.

엄마가 라면을 그릇에 나눠 담으며 말했다.

"성옥이 거는 따로 뒀다. 이따 퇴근하면 끓여 줘야지."

"저도 됐어요. 공장에서 먹고 왔어요."

성자는 아랫목에 앉아 있는 아버지 앞에 라면 그릇을 놓았다.

"많이 드세요. 모자라면 또 사 오면 되니까."

아버지는 김이 펄펄 나는 면을 듬뿍 집어 들며 말했다.

"또 사 오긴, 이 비싼 걸! 가끔 이렇게 별식으로 호강하면 되었지."

아버지는 큰딸 월급으로 사 먹는 라면에 감격 어린 눈길을 보냈다. 그러더니 이야기 한 자리를 시작했다.

"내 말한 적 있었나? 라면이 얼큰해진 사연?"

그 사연은 성자네 식구라면 백번 들은 얘기였다. 그래도 누구하나 아는 체하지 않았다. 아버지가 그 사연을 읊어 댄다는 건 기분이 매우 좋다는 뜻이기 때문이다.

"이 라면이라는 게 말이야. 원래는 왜놈들 공장에서 생긴 거라 국물이 느끼했거든. 그놈들은 매운 건 죽었다 깨도 못 먹어요. 하지만 우리 조선 사람들은 어디 그래? 뱃속에 얼큰하고 뜨끈한 게 들어가야 속도 풀리고. 어쨌든! 나랏일 걱정으로 밤낮을 모르고 뛰어다니시는 박통께서 하루는 말이야."

박통이란 박정희 대통령을 일컫는 말이다.

"한밤중까지 국사에 매진하시다가 출출하셨는지 야식으로 라면을 끓여 오라고 시키신 거야. 청와대 전속 요리사가 라면을 맛깔나게 끓여서 대령했는데 암만 먹어도 뭔가 아쉽단 말이지. 그래서 박통께서…."

아버지가 라면 한 젓가락을 더 하려고 잠시 말을 끊었는데 성희가 톡, 하고 나섰다.

"그래서 박통께서 삼양라면 사장한테 전화를 걸었어. 그리고 말씀하셨지."

성희 말이 채 끝나기도 전에 이번엔 성자와 성재가 이구동성으로 외쳤다.

"임자, 라면에 고춧가루 좀 넣어 봐!"

아버지는 자식 셋이 우스꽝스러운 표정으로 흉내 내는 걸 보며 허허 웃었다.

"그래서 지금 우리가 먹는 라면이 이렇게 얼큰한 국물이 된 거라 이 말씀이야."

새벽부터 밤까지 남대문시장에서 지게질을 하느라 어깨가 벌겋게 부어오른 아버지였다. 그런 어른이 차돌같이 작은 박정희 대통령을 흠모하고 존경했다. 커다란 허우대가 무색할 정도의 흠숭이었다.

"국민 배곯는 게 안타깝고 가여워서 라면 수프까지 신경 쓰는 대통령이 세상천지에 어디 또 있으려고."

아버지가 박정희 대통령을 찬양하느라 맥을 놓을 때면 어김없이 새된 엄마 목소리가 들렸다.

"그거 진짜 있는 얘기유? 난 암만 들어도 지어낸 얘기 같아."

"떽!"

아버지의 커다란 단말마에 라면을 쪽쪽 빨던 성재가 움찔했다.

"자네는 어찌 그러나! 애들 듣는데."

엄마는 남편 꾸지람에 뭐라고 대들려다 그만 문 쪽으로 고개를 돌렸다. 성자 바로 밑 여동생 성옥이 들어온 것이다. 올해 열네 살 성옥이 역시 동대문 옷 공장에 미싱 시다로 나가고 있었다. 성자가 일하는 평화시장 건물이 아니라 그 옆에 있는 동화상가 공장이었다.

"배고프지? 언니가 라면 사다 놨다."

엄마는 까다로운 둘째 딸 비위를 맞추느라 목소리를 눅였다.

"안 먹어. 나 씻고 누울 거야."

성옥은 잔뜩 찌푸린 표정 그대로 부엌 바닥에 세숫대야를 놓았다.

성자가 부엌으로 나오며 물었다.

"오늘도 반장이 들볶데?"

언니의 안쓰러운 말투도 위안이 되지 않는 모양이었다. 성옥은 대꾸도 없이 세수만 어푸어푸 해 댔다. 성자는 동생이 하루를 어떻게 보냈을지 눈앞에 훤했다. 층층시하(層層侍下)라고 미싱 시다는 옷 공장에서 가장 밑에 있는 직급이다. 사장, 재단사, 미싱사, 거기에 재단 보조까지 미싱 시다를 만만하게 본다. 그 서러운 세월을 견디지 못해 동대문을 떠나는 애들을 숱하게 봐 온 성자다.

"언니가 라면 맛있게 끓여 줄게. 한 그릇 먹고 자."

"싫다고 했잖아."

성옥이 팩하고 방으로 들어갔다. 부엌으로 내려온 성자가 라면 봉지를 들고 멍하니 서 있다 말했다.

"그래도 우리는 형편이 나은 거야. 다른 애들처럼 고향에 돈 부치지 않아도 되고, 방세 따로 안 내도 되고, 도시락 싸서 다닐 수도 있고, 버스비도 따로 안 들잖아. 이만한 직업이 어디 있니."

성자네 식구가 청계천에 집을 얻은 것은 네 해 전이었다. 성자가 막 국민학교를 졸업한 때였다. 소작농 신세를 못 면하던 아버지는 더는 고향에서 버틸 재간이 없다며 큰 결심을 했다.

"애들 굶기지 않으려면 서울밖엔 답이 없소."

무작정 상경이었다. 서울 사대문 안에 아는 친척, 친지, 친구 하나 없었다. 서울역 광장에 막연하게 서서 두리번거리던 성자네 식구가 첫 번째로 고개를 들이민 곳은 역 앞 분식집이었다. 여섯 식구가 라면 세 그릇을 시켜 나눠 먹었다. 온종일 빈속으로 기차에 시달린 식구들은 라면을 국물 한 방울까지 남기지 않았다. 성자랑 동생들에겐 생애 첫 라면이었다.

'서울이란 이렇게 맛있는 음식을 아무렇지도 않게 사 먹을 수 있는 곳이구나.'

성자는 그 라면 맛을 잊을 수 없었다. 그리고 서울이 아주 마음에 들었다. 그래서 아무리 힘들고 고된 공장 생활이지만 참고 견뎌 온 것이다. 아버지 말대로 서울에 와서는 막내 성재 배가 맹꽁이처럼 부풀지 않아도 되었다. 하지만 성옥은 달랐다. 성옥은 공부를 더 하고 싶어 했다.

"나도 친구들처럼 교복 입고 책가방 들고⋯."

중학교에 가고 싶어 했다. 엄마는 '언감생심'이란 네 글자로 둘째 딸 입을 틀어막았다. 그리고 평화시장에서 잔뼈가 굵은 큰딸에게 동생 취직자리를 알아보라고 명령했다.

"공부는 막내 하나면 충분하다. 성재가 이 집 장손이고 기둥이야. 누나가 셋씩이나 되어서 남동생 하나 대학 못 보낸다면 말이 되겠니."

성옥은 동화상가 미진사에 취직이 된 그날 밤새 벽을 향해 누운 채 울었다. 한방에서 서로 어깨를 비벼 가며 자는 식구 중 성옥의 울음소리를 못 듣는 사람은 없었다. 그래도 그냥 다들 못 들은 척, 자는 척만 했다.

"숨 턱턱 막히는 골방에서 땀 흘리다 왔는데 무슨 뜨거운 라면

이야?"

성옥은 날만 더워지면 공장 안이 너무 덥고 공기가 탁해 숨이 막힌다고 하소연했다. 그 짜증은 날이 쌀쌀해지는 10월이나 되어야 잠잠해졌다.

"여름도 한두 번 더 나면 익숙해질 거야."

성자가 달랬다.

"익숙해져 봤자 언니처럼 기침병이나 얻는 거지 뭐."

성옥이 독하게 내쏘았다.

아버지도 엄마도 성자도 머쓱해서 우물쭈물하는데 방 안에서 성희와 성재의 노랫소리가 들렸다.

우리도 한번 잘살아 보세
금수나 강산 어여쁜 나라
한마음으로 가꾸어 가면
알뜰한 살림 재미도 절로
부귀영화도 우리 것이다

가만 보니 라면 봉지 뒷면에 인쇄된 글귀를 읽는 것이었다.

"그래. 성옥아, 우리도 한번 잘살아 보자, 응?"

언니 말에 성옥은 입을 비죽거렸다.

＊

성자는 주말 내내 출근에다 야근까지 하고 나니 월요일이 월요일 같지 않았다. 7월도 다 가고 있었다. 가을철 마지막 물량을 밀어내느라 동대문 옷 공장들에선 형광등이 24시간 꺼질 줄을 몰랐다.

"다음 주면 품목대로 쫙 깔려야 하는데 왜 이리 진도가 안 빠지냐!"

삼원사 정 사장은 마른 손바닥을 비벼 가며 직공들을 들볶았다. 동대문에서 가을 옷은 8월이 시작되자마자 매대를 뒤덮는다. 장마가 끝나고 불볕더위가 시작되는 한여름, 도매상들은 다음 계절을 팔기 시작한다. 정 사장은 밀려드는 주문을 욕심대로 다 받아 놓고 직원들을 쥐어짰다. 덕분에 주미와 성자는 번갈아 재봉틀 바늘에 엄지손가락 피를 듬뿍 먹었다. 계절이 바뀔 때마다 치르는 일종의 의식 같은 거였다.

퇴근하고 나서도 사장의 쇳소리가 귓가를 떠나지 않았다. 성자는 집으로 걸어오는 내내 이를 털어내는 것처럼 머리를 좌우로 흔들었다. 그러면서 며칠 전 재봉틀 바늘에 꿰뚫린 엄지손톱을 만지작거렸다. 손톱은 새카만 멍이 들어 죽어 있었다.

"이거 빠지고 새로 자라려면 올겨울은 넘겨야 하겠지."

성자가 구시렁거리며 골목 어귀를 감아 드는데 저쪽에서 왁자지껄 사람 소리가 들렸다. 전봇대 하나 변변히 없는 판자촌 골목은 원래 어둑했다. 그런데 지금 이쪽으로 퍼지는 소리는 팔딱팔딱 뛰는 물고기처럼 힘이 들어가 있었다. 낚싯바늘에 걸려 몸부림치는 고기들이 내는 무언의 아우성 같았다. 성자는 뭔지 모를 위기감에 심장이 바짝 조였다. 뭔가 물건 떨어지는 소리 혹은 내던지는 소리 같기도 하고 유리인지 사기인지 그릇 박살나는 소리도 또렷했다. 성자는 겁을 집어먹고 내달렸다.

성자가 집 문을 막 두드리려는데 먼저 벌컥 열렸다.

"엄마!"

"저게 무슨 난리냐?"

두 모녀는 누가 먼저랄 것도 없이 골목을 나섰다.

"에구머니!"

시청 쪽으로 길게 늘어선 판잣집들이 마구잡이로 뜯겨 나가고 있었다. 엄마가 겁먹은 목소리로 한숨을 토해 냈다.

"철거한다더니 진짜로 하네."

"철거요?"

성자가 토끼 눈이 되었다.

다 저녁에 남의 집을 때려 부수고 있는 사람들은 서울 시청 공무원들과 시에서 고용한 용역이었다.

엄마의 설명은 이랬다.

"한 달 전부터 소문이 있었어. 여기 청계천 판자촌 철거한다고."

서울 시청 공무원들이 나와 안내문을 돌렸다. 누런 갱지에는 번지수 없는 무허가 주택이니 더는 불법 점거를 용인할 수 없다고 쓰여 있었다.

"냄새나는 청계천 덮어 버리고 서울 시내를 관통하는 고가도로를 세울 거라고 하더라고."

엄마는 강 건너 불구경처럼 무덤덤하게 말했다.

성자는 기가 막혀 말을 더듬었다.

"여, 여기 살던 사람들은 어떡하라고요?"

엄마가 손가락으로 남쪽을 가리켰다.

"경기도 광주인가 서울에서 몇십 리 떨어진 데다 철거민들을 위한 대단지를 만들어 놓았다던데."

경기도 광주? 도대체 거기가 어디지? 성자는 답답한 마음에 주위를 두리번거렸다. 그때 이웃집이 뜯겨 나가는 걸 구경하고 서 있던 무리 여기저기서 말소리가 들렸다.

"광주로 가면 집 한 채씩 공짜로 준다더군."

"그래서 다들 암말 안 하고 세간을 내는구먼."

그러자 누군가 기다렸다는 듯 물었다.

"철거민 이주 대책이라던데 정말인가?"

다른 구경꾼이 대꾸했다.

"오늘 밤 안으로 트럭이 실어다 준답니다."

그러고 보니 집이 생으로 뜯겨 나가는데 울고불고하는 사람이 없었다. 다들 쫓기는 얼굴로 짐 싸기에 바쁠 뿐이었다.

성자와 엄마는 집으로 돌아와 마주 앉았다.

"오늘부터 시작했으니까 우리 집은 사나흘 뒤면 차례가 될 거 같다."

엄마는 낮에 시장에서 팔다 남은 바람떡(개피떡)을 성자 앞에 내놓으며 말했다. 엄마는 양은 떡함지를 인 채 남대문시장을 누비고 다녔다. 가게마다 기웃거리며 요기를 놓친 사람들을 찾았다. 어느 때는 아버지의 지게질보다 엄마의 떡장사가 더 나을 때도 있었다. 하지만 비가 오거나 요즘처럼 날이 덥거나 아예 춥거나 하면 떡은 잘 팔리지 않았다. 떡이 쉬지도 않고 굳지도 않는 봄가을에나 잠깐 재미를 보는 정도였다.

"그럼 우리도 광주인가 거기로 가야 한다고요?"

성자는 왜 진즉 말해 주지 않았냐고 했다.

"네 아버지나 나나 설마설마했지. 아무리 나라에서 하는 일이라지만 멀쩡한 집을 지어서 공짜로 나눠 준다니 믿을 수가 있니."

나라에서 하겠다는 일이 말만 무성한 공수표로 끝나는 걸 여러 번 보았다는 뜻이다. 그러나 방금 전 목격하고 들어온 광경은 움직일 수 없는 증거였다.

"아무래도 이삿짐 싸야 할 거 같다. 소문에는 벽돌로 올린 담장에 페인트칠까지 해 놓았다던데."

엄마는 사글세로 사는 판잣집에 별 미련이 없는 듯했다. 오히려 경기도 어딘가에 기다리고 있을 번듯한 새집을 기대하는 눈치였다.

늦게 퇴근한 성옥이 눈을 반짝였다.

"그럼 나 옷 공장 안 다녀도 돼?"

그 말에 아버지가 후, 하고 한숨을 내쉬었다.

"나나 자네나 이제 어떡하누?"

"거기도 사람 사는 덴데 시장은 있겠지. 가서 다시 자리 잡아야지 별 수 있소."

남대문시장을 터전 삼아 살아온 지게꾼과 떡장수 부부는 서로를 바라보며 쓴웃음을 지었다.

그날 밤, 아버지와 엄마는 살림을 가리기 시작했다.

"뭐 이삿짐이라고 쌀 것도 없구먼."

아버지가 자조 섞인 웃음을 지었다. 짐이라고 해 봐야 기껏 부엌살림에 이불, 밥상, 서랍으로 쓰는 사과 궤짝과 옷가지뿐이다.

이튿날, 성자가 출근하자 동료들이 동그랗게 모여 떠들고 있었다.

"경기도 광주면 여기서 얼마나 머냐?"

"거기서 동대문까지 출퇴근이 되나?"

삼원사 직공 중 청계천 판자촌에 사는 이는 준식과 성자 두 사람이었다.

준식은 주미의 물음에 어두운 표정이 되었다.

현자는 성자가 공장으로 들어서는 걸 보자 쪼르르 달려 나왔다.

"언니네도 이사 가야 해요?"

"응. 어젯밤에 시청 쪽에서부터 뜯기 시작하더라고."

성자는 준식의 눈치를 살피며 말을 이었다.

"우리 집도 오늘이나 내일이면 차례가 될 거 같아."

원단 더미를 재단 탁자로 옮기던 영호가 아는 체를 했다.

"거기도 공업단지가 들어서서 금방 취직된다고 하던데. 반장
형, 그럼 여기 그만둘 거예요?"

순간 성자의 가슴이 철렁 내려앉았다. 알지도 못하는 낯선 곳으
로 이사한다는 것에만 골몰했지, 그것 때문에 준식을 못 보게 될지
도 모른다니⋯.

"아니. 어떡하든 다녀야지. 내가 동대문에서 먼지 밥 먹은 게 몇
년인데."

"하긴 준식 오빠는 경력이 아깝다. 어디 다른 데서 스카우트하
는 거면 모를까."

주미가 거들고 나섰다.

성자는 옆에서 조용히 듣기만 했다. 그리고 남몰래 휴, 하고 가
슴을 쓸어내렸다.

'준식 오빠가 여기 다니는 이상 무슨 수를 써서라도 출퇴근해야
지.'

성자가 속으로 다짐을 하는데 준식의 깊은 한숨 소리가 들렸다.

"사실은 지난 주말에 할머니와 어머니가 먼저 광주로 살림을 옮
기셨어. 나는 주말 내내 재단하느라 돕지 못했지만. 오늘은 그리로

퇴근해야 해.”

알고 보니 준식은 주말 동안 근처 여인숙에서 밥과 잠을 해결하며 출근한 모양이었다.

“어머! 그럼 야근 수당이 고스란히 여관비로 나갔겠네.”

주미가 얼토당토않은 얘기라며 혀를 찼다.

준식은 앞으로는 야근하기도 어렵게 되었다고 혼잣말처럼 중얼거렸다. 성자는 불안감이 밀려들었다. 먼저 광주로 이사를 간 준식의 얼굴이 아무래도 좋아 보이지 않았다. 하긴 직장에서 그렇게나 멀리 떨어지게 되니 성자 역시 출퇴근이 걱정이긴 걱정이었다.

‘그래도 서울 올라올 때보다야 낫겠지. 그땐 아예 집이고 직장이고 아무것도 없었잖아.’

성자는 재봉틀 앞에 앉으며 주먹을 꼭 쥐었다.

밤이 깊도록 청계천 판자촌 골목에는 트럭 소리가 끊이질 않았다. 커다란 차는 밤새도록 사람들과 짐을 실어 날랐다. 성자는 퇴근할 때마다 마주치는 트럭과 부서진 판자 더미를 보며 입술을 깨물곤 했다.

드디어 성자네 가족이 실려 가는 차례가 되었다.

“내일은 내가 사장님께 잘 말씀드릴 테니까 하루 쉬고 부모님 도와라.”

준식이 성자 이사 소식에 해 준 말이었다. 성자는 준식의 배려에 감동해 목소리까지 살짝 떨렸다.

"안 그래도 되는데…."

정 사장은 그 무엇보다 결근을 싫어했다. 결근은커녕 잔업 하는 날 일찍 퇴근하려는 직공에게 노골적으로 불편한 내색을 했다. 성자는 그런 사장에게 자기 대신 어려운 말을 꺼내겠다는 준식에게 미안하고 고마운 마음이 들었다. 그러니 더더욱 결근을 하지 않는 게 준식에게 보답하는 길이라고 생각했다.

"가뜩이나 일감 밀려서 정신없잖아요. 이사는 아버지랑 엄마 두 분이 충분히 하실 수 있다고 했어요."

성자가 생긋 웃어 보였다.

준식이 딱딱한 표정이 되어 말했다.

"내가 시키는 대로 해. 먼저 거기로 이사 간 사람이 조언하는 거니까."

준식이 왜 그리 엄하게 구는지 알 수 없었다. 하지만 정색하는 얼굴만은 무시할 수 없었다. 성자는 더 대꾸할 엄두를 못 내고 고개를 끄덕였다.

이튿날, 새벽부터 건장한 남자들이 들이닥쳤다.

"얼른얼른 트럭에 타쇼. 짐은 따로 갈 테니 용달차에 미리 실어 놓고."

전세든 사글세든 깃들어 살던 집에서 쫓겨 나오는데도 사람들은 불평하지 않았다. 광주에 가면 튼튼한 벽돌집이 기다리고 있을 거라는 기대 때문만은 아니었다. 다들 빈손으로 올라와 죽지 못해 살아가는 서울살이였다. 누구 말마따나 돈도 없고 뒷배도 없으니 이리 밀리고 저리 쏠리는 신세라는 걸 잘 알고 있었다. 불평불만 해 봐야 들어 줄 사람도 없고 안 가겠다고 버텨 봐야 지킬 집 한 칸 없었다. 그저 고분고분 말 잘 들어 해만 입지 않으면 다행이라고 여기는 게 몸에 밴 사람들이었다.

"그래도 박통이나 되니까 우리 같은 빈민들 살라고 대단지 주택가를 만들어 놓는 게지."

아버지는 이불 보따리를 용달차에 올리며 중얼거렸다. 다른 사람이 아닌 자기 자신을 설득하려는 어투였다.

트럭이 먼지 나는 국도를 달리고 또 달렸다.

"아유, 얼마나 더 가야 한다니. 벌써 한 시간 넘게 온 거 같은데."

성희와 성재를 양 옆구리에 끼고 앉은 엄마 얼굴이 일그러졌다.

성자는 어제 준식 오빠에게 좀 물어봐 둘걸, 하는 후회가 밀려왔다. 그러고 보니 준식은 성자에게 광주 얘기는 한마디도 해 준 적이 없었다. 일이 밀려 도시락 까먹을 시간조차 없을 만큼 바쁘기도 했다지만, 준식은 어쩌다 새로 이사 간 동네 얘기만 나오면 입을 꽉 다물었다.

"엄마 멀미 나."

성재가 하얗게 질린 얼굴로 칭얼거렸다.

"아이고 내 새끼 다 죽네."

엄마는 어린애를 품에 안고 속을 태웠다.

"엄마한테 기대서 자거라. 자면 멀미 없어진다."

아버지 말에 성재가 엄마 품으로 파고들었다. 그 바람에 성희가 밀려나 성자 옆구리에 기댔다.

"너도 좀 자. 도착하면 언니가 깨워 줄게."

성자는 성희를 무릎에 앉히고 등을 다독였다.

"서울에서 멀리 갈수록 난 좋지롱."

성옥이 혼자 신이 나서 떠들어 댔다. 성자는 그런 동생을 보며 광주 대단지에 중학교가 있을까 궁금해졌다.

'이번 참에 엄마 설득해서 성옥이는 학교 보내 줘야지. 성재 학비야 아직 멀었으니 차차 벌면 될 것이고.'

성자는 궁리하며 속으로 웃었다. 성옥은 언니 마음을 아는지 모르는지 트럭 천막에 뚫어 놓은 공기구멍을 내다보며 콧노래를 흥얼거렸다. 어디선가 들어 본 유행가 같았다.

*

"아… 아니, 이게!"

허허벌판이었다. 비스듬히 경사진 황무지 뒤로 커다란 산이 버티고 있는 게 전부였다. 광막한 땅 위에 임시로 지은 판자 변소가 띄엄띄엄 서 있을 뿐이었다. 전화도 없고 수도도 없고 전기도 없었다. 물론 벽돌집도 없었다. 단지 입구에 〈환영, 약진 광주 대단지〉

라고 쓰인 나무판자 아치만 볼썽사나웠다.

성자네가 도착한 곳은 금만 그어 놓은 땅에 천막 한 채만 덩그러니 놓여 있었다.

트럭에서 내린 사람들 입에서 탄식이 쏟아졌다.

"산비탈에다 나무만 베어 놓고 살라는 식이군."

"새집을 준다더니 거적때기 한 장이 전부야?"

"일자리 보장해 준다며? 근데 이게 뭐야, 눈을 씻고 봐도 공장은 커녕 구멍가게 하나 없네."

다들 우두망찰, 전봇대처럼 서 있을 뿐이었다. 당장에 돌아서서 다시 서울로 가고 싶은 마음이 솟구쳤다. 허나 모두 알고 있었다. 서울에 간다고 한들, 청계천을 다시 찾는다 한들 거기엔 이미 아무것도 없다. 정들어 살던 집이 뜯겨 나가는 걸 바라보며 트럭에 올랐던 사람들 아니던가.

"멍하니 손 놓고 있다고 없는 집이 땅에서 솟을 것도 아니고. 일단 이삿짐부터 부립시다."

아버지는 맥없이 서 있는 사람들 사이를 헤치고 용달차로 갔다. 아버지 움직임에 나머지 무리도 이삿짐을 내리기 시작했다.

성자는 그제야 깨달았다. 왜 준식이 광주 대단지 말만 나오면 얼굴이 어두워졌는지, 그리고 매일같이 사장한테 욕을 먹어 가면서도 잔업에 빠지고 퇴근을 해 버리는지 말이다.

'이 지경인 걸 알고 있으면서 귀띔도 안 해 주다니.'

야속한 생각이 들었다. 그런데 한편 생각해 보면 이런 답도 나왔다.

'해 주면 어떡할 건데? 미리 알았건 몰랐건 우리가 청계천에서 쫓겨나 여기로 와야 한다는 사실만은 변함없는 거잖아.'

생각이 정리되자 성자의 가슴은 8월 땡볕에 말라 버린 땅바닥처럼 갈가리 금이 갔다.

천막 밑자락으로 후텁지근한 먼지바람이 들어왔다. 지금은 한여름이라 상관없지만 겨울을 떠올리면 눈앞이 캄캄했다.

"설마 그때까지야 집 지어 주겠지."

아버지가 어렵사리 얻어 온 가마니를 바닥에 깔며 말했다. 부엌 살림을 흙바닥에 꺼내 놓던 엄마가 풀썩 주저앉았다.

"서울에서 사십 리 밖 산비탈에 천막 하나 쳐 놓고 쫓아내다니. 이럴 줄 알았으면 귀경 포기 각서나 써 주지 말걸."

이불 보따리를 가마니 위에 부리던 성자가 엄마를 쳐다봤다.

"귀경 포기 각서가 뭐예요?"

"다시는 서울로 되돌아오지 않겠다고 맹세하는 증서야."

"예? 그런 걸 왜 써 줘요?"

"여기 입주하려면 그걸 꼭 써야 한다니 어쩌느냐 그럼."

성자와 엄마는 서로의 막막한 얼굴을 쳐다보았다. 그러다 엄마가 퍼뜩 떠오르는 듯 물었다.

"그나저나 당장 내일 아침부터 성자 어떡하니?"

출근을 뜻하는 말이었다.

"아까 들으니까 서울 들어가는 버스가 한 대 있다고 하더구먼."

아버지가 대신 대답하는 걸 성자가 보탰다.

"우리 공장에 반장 오빠가 여기서 출퇴근해요. 이백칠십 번인가 새벽에 한 대 있다고. 그거 놓치면 지각하니까 시간 맞춰 나오라고 가르쳐 줬어요."

이튿날 새벽, 성자는 흙바닥에서 자는 식구를 뒤로 하고 큰길가로 나왔다. 한여름 해는 일찍 뜨는 법이지만 워낙 서둘러 나와 아직 동쪽 하늘은 어둡기만 했다. 성자는 어제 도착하며 봐 둔 버스 정류장으로 타박타박 걸어갔다. 정류장은 찾기 쉬웠다. 사방이 뚫린 허허벌판에 사람들이 모여 웅성거리고 있었다.

성자가 두리번거렸다.

"어, 여기다!"

저쪽에서 준식이 사람들을 헤치고 다가왔다.

"아직 버스 안 왔죠?"

성자가 주위에 늘어선 사람들을 살펴보며 물었다. 이 많은 사람이 버스에 다 탈 수 있을까 겁부터 났다.

"응. 곧 올 거다. 너 내가 밀어 줄 테니까 앞에서 순서 빼앗기지 말고 올라타라."

"그게 무슨 말이에요?"

성자가 어리둥절해서 준식을 올려다보는데 사람들 외치는 소리가 들렸다.

"버스다!"

그 소리와 함께 갑자기 무리가 파도치듯 한쪽으로 쏠렸다.

"엄마얏!"

멍하니 있던 성자가 휘청하며 쓰러질 뻔했다. 준식이 얼른 성자의 팔뚝을 잡아 일으켰다.

"빨리 타!"

준식은 왼팔꿈치 사람들을 헤치고 오른손으로는 성자의 왼팔을 움켜잡고 버스 쪽으로 나갔다. 성자는 준식이 뒤에서 막아 준 틈을 타 버스에 올라탔다. 성자는 버스 안으로 간신히 비집고 들어섰다. 그리고 흐트러진 옷매무새와 머리를 정돈할 엄두는 내지 못한 채 숨만 몰아쉬었다. 버스 안이 승객으로 꽉 차 송곳 하나 끼워 넣을 틈도 없었다. 버스 창밖으로 채 타지 못하고 발을 동동 구르는 사람들 얼굴이 가득했다. 버스 안내양은 닫히지 않은 차 문에 매달려 곡예하듯 "오라이!"를 외쳤다.

'매일 아침, 이 난리 통을 겪어야 한다고?'

성자는 기가 막혀 저쪽에 껴 있는 준식을 건너다봤다. 그제야 모든 걸 알 것 같았다. 왜 준식이 출근하자마자 파김치가 되어 재단 탁자 앞에 쓰러지듯 앉는지, 왜 사장의 온갖 구박에도 아랑곳없이 잔업을 하지 않고 퇴근해 버렸는지 말이다. 성자가 광주 대단지로 이사 가게 된 날, 굳이 쉬면서 부모님을 도우라고 했는지도 이

해가 되었다.

성자는 세 시간 가까이 시달리다 버스에서 내렸다. 다리가 후들거리고 속이 메스꺼웠다.

'그래도 준식 오빠가 있어 불행 중 다행이다.'

성자는 저만치 앞서 걷는 준식의 등을 미더운 눈길로 쳐다보았다.

퇴근 시간에도 전쟁을 치르긴 마찬가지였다.

"아니, 공장에서 둘이나 야근을 못 한다고 내빼 버리면 어쩌자는 거야!"

성자가 광주에서 출근하기 시작한 이튿날, 정 사장이 드디어 폭발했다.

"야! 민준식! 너는 명색이 재단사에 반장 패찰 달고 있으면서 그렇게 무책임하게 나와도 되는 거야?"

정 사장은 투덕투덕한 볼살을 흔들어 대며 고함을 질렀다. 준식은 꿀 먹은 벙어리가 된 채 고개만 숙였다.

"그딴 식으로 할 거면 당장 때려치워! 남의 장사 다 말아먹지 말고!"

성자는 독기 서린 눈으로 정 사장을 겨누어 봤다. 준식은 재단사로서는 동대문 일대에서 알아주는 기술자였다. 준식에게만 오면 200벌 셔츠 원단이 230벌 물량으로 탈바꿈한다. 기레빠시가 나오지 않도록 최대한 선을 맞닿아 칼을 긋는 모습을 보고 있자면 감탄이 절로 나왔다. 원단을 실수 하나 없이 깔끔하고 알뜰하게 재단하는 덕분에 정 사장의 삼원사는 동대문에서도 믿고 맡기는 옷 공장 소리를 듣게 된 것이다. 그런 숙련공을 제대로 대접하기는커녕 걸핏하면 자르니 마니 하고 겁박이나 주는 정 사장이 끔찍했다.

결국, 그날 준식은 야근을 했다. 성자는 공장에 남는 준식을 뒤로 한 채 270번 버스 정류장으로 뛰었다. 하루에 겨우 여섯 번 있는 버스는 저녁 10시도 되기 전에 끊겼다. 성자는 아귀다툼에 밀려 두 번이나 놓친 끝에 간신히 얻어 탈 수 있었다. 광주에 도착하니 통금 사이렌이 울렸다.

"언니, 그래서 공장 다니겠어?"

성옥이 성자의 늦은 저녁상을 차려 주며 물었다. 성옥은 광주로 이사한 뒤 공장을 그만두고 두 동생을 돌보고 있었다. 성자는 동생이 내미는 밥상을 보다 깜짝 놀랐다.

"라면이네?"

"지난번에 언니가 사 온 거 안 먹고 아껴 둔 거야."

성옥은 김이 펄펄 나는 라면 그릇을 성자 앞으로 밀어 주었다. 언니가 출퇴근 전쟁을 치르느라 삶아 놓은 행주처럼 늘어지는 것이 딱한 눈치였다. 성옥이 미안한 표정으로 조그맣게 말했다.

"언니 다니는 걸 보니까 되레 더 겁이 나…."

서울에서 멀어지면 멀어질수록 신난다고 까불던 스스로가 켕기는 모양이었다.

성자가 얼른 동생 말허리를 잘랐다.

"너 서울로 다닌대도 내가 말려. 버스에 시달리다 병들기에 십
상이다. 그랬다간 약값이 더 들지."

"언니도 버스비에다 도시락도 못 싸 가서 김밥 사 먹어야 한다
며. 버스 끊길까 봐 야근이나 잔업도 못 하고. 그럼 월급에서 남는
게 뭐 있어?"

어느 한 군데 틀린 데가 없는 말이었다. 성자는 대거리할 염을
잃었다.

"라면 붇겠다. 얼른 먹어."

성자는 성옥이 쥐어 주는 젓가락으로 라면을 집었다. 통통한 면
발을 보고 있자니 먼저 잠든 성희와 성재가 마음에 걸렸다. 하지만
두 동생을 깨워 라면을 양보하기에는 지치고 배가 고팠다.

'내일 또 출근하자면 우선 먹자.'

성자는 스스로를 달래며 라면을 국물까지 해치웠다. 통금 시간
지나 먹는 라면은 꿀맛이었다.

이튿날, 성자는 지각을 하고 말았다. 출근 버스를 타려다 실랑이
에 밀려 첫차를 놓친 탓이었다. 헐레벌떡 뛰어 공장에 다다라 보니
준식 혼자 바닥 청소를 하고 있었다.

"어? 모두 어디 갔어요?"

"어제 밤새 만든 거 가게에 넘기러 갔다."

"그걸 왜 우리가 가져다줘요?"

"요즘 너무 바빠서 가게에도 사람이 딸리나 봐."

준식은 익숙한 손놀림으로 빗자루 질을 했다. 성자는 그 모습을 바라보며 재봉틀 앞에 앉았다.

"첫차를 놓쳐서 그만 늦었어요. 사장님이 뭐라 하셨죠?"

준식이 머리를 가로저었다.

"아침부터 가게 사장이랑 네가 와라, 내가 가냐 하고 말씨름하시느라 정신이 없어서 뭐…. 그나저나 성자야."

준식이 허리를 펴고 성자를 바라봤다. 성자가 "네?" 하고 다음 말을 기다렸다.

"나 동대문에 방 얻기로 했다."

할머니와 어머니는 그대로 광주 대단지에 남고 준식 혼자만 자취한다고 했다.

"야근을 할 수도 없고, 차 한 대만 놓쳐도 오늘 너처럼 지각이고, 또 이대로 야근을 하자니 여관비가 야근 수당보다 더 나가고. 공장 다락방에서 자는 것도 사장 눈치가 보여서 말이지."

성자가 고개를 끄덕였다. 구구절절 늘어놓지 않아도 다 알 수 있는 내용이었다.

"근데 오빠네는 귀경 포기 각서인가 그거 안 썼어요?"

성자가 걱정스럽게 묻자 준식이 빗자루를 놓고 성자 쪽으로 다가왔다. 그리고 바지 주머니에서 구깃구깃한 종이를 꺼내 들었다. 그러더니 종이를 박박 찢으며 어금니 사이로 씹어 내뱉었다.

"이까짓 거. 약속은 서로 지켜야 약속이지. 일방적으로 가난뱅

이들만 지키란 법이 어디 있냐고!"

성자는 입을 헤벌리고 준식 발 아래 흩날려 떨어지는 종잇조각을 내려다보았다. 이제 만원 버스 안에서 팔뚝으로 가슴을 밀쳐 대는 남자들과 팔꿈치로 등을 찔러 대는 여자들 사이에서 비명을 올려도 손을 뻗어 줄 사람이 없을 거란 사실에 서글퍼졌다. 하지만 직장을 놓치지 않기 위해 할머니와 어머니를 황무지에 놔두고 서울살이를 다시 시작해야 하는 준식 오빠 마음은 오죽할까 싶어 가슴이 아렸다.

*

모처럼 쉬는 일요일이었다. 내내 비가 쏟아졌다. 한여름 비는 무서운 기세로 세상을 휘서었다. 순식간에 천막 안이 물바다가 되어 버렸다. 바닥에 깔린 가마니와 거적때기가 물에 둥둥 떠다니다 천막 밖으로 흘러나가려 했다. 엄마와 성자는 부엌세간을 간수하느라 두 손 두 발을 다 쓰고도 모자란 지경이었다.

"아이고, 여보! 저것 좀 잡아요!"

막 거적때기 하나가 길가에 난 물골로 휩쓸리는 참이었다.

아버지는 이불 보따리를 어깨에 멘 채 허둥지둥 천막 밖으로 나갔다.

"어이쿠, 건졌다!"

성희와 성재는 천막 안이 물바다가 된 게 재밌고 우스운지 꼭 붙어 서서 낄낄거리기만 했다. 이 두 철부지는 광주로 이사 와서 학교도 안 다니고 허구한 날 손잡고 거리를 쏘다니는 게 일과였다. 하긴 다니려고 해도 다닐 학교가 없었다. 두 시간 넘게 걸어서 닿는 곳에 임시 천막 학교가 문을 열었다는 소식이 바람결에 묻어왔다. 새 일자리를 구하느라 밖으로만 다니는 아버지나 엄마는 미처 신경을 쓰지 못했다. 대신 성옥이 두 동생에게 제가 쓰던 교과서를 가지고 한글도 가르치고 셈도 가르치고 했다. 날이 기울기 시작하고 퍼붓던 비가 그쳤다. 천막 안에 고였던 물이 빠지기 시작했다. 아버지가 주문을 외듯 입술을 달싹였다.

"차차 나아지겠지, 차차."

난데없는 물난리에 혼이 나간 엄마가 꽥, 하고 소리를 질렀다.

"나아지긴 뭐가 나아져! 그만 여기 뜹시다. 이게 사람 사는 데요? 고향에 있는 개돼지 우리도 이보다는 낫겠소."

아버지는 벼락 맞은 소처럼 멍하니 서서 눈만 깜박거렸다.

남편에게 대드는 아낙의 목소리가 잠겨 들더니 곧 울음으로 변했다.

"아이고! 백 날 천 날 찬양하던 그 임금님 어디 갔소? 어디 사기를 칠 데가 없어서 우리같이 없이 사는 무지렁이 등을 친단 말이오. 보따리 싸서 나갑시다. 더는 여기서 못 견디겠소."

엄마가 아버지 옷소매를 잡아당기며 울었다. 아버지는 엄마가 흔드는 대로 이리저리 휘청거리며 중얼거렸다.

"내가 여길 어찌 뜨나. 맡은 일도 있고…."

엄마가 눈가를 씻으며 비아냥거렸다.

"워매, 통장인가 반장인가 그 알량한 벼슬 말이오?"

'통장?'

성자는 모르는 일이었으나 부부싸움 하는 부모 사이에 끼어들 엄두를 내지 못했다. 엄마 입에서 원망과 한탄이 쏟아졌다.

"그래, 그 잘난 감투 하나 쓰고 두 손 놓고 있으면 누가 쌀가마니 준답디까? 뭐라도 해야 입에 풀칠을 하지. 다 큰 딸년 새벽마다 콩나물시루에 태워 보내 놓고 우리 내외 천막 속에 죽치고 앉아 손가락 빠는 거 말고 하는 게 뭐 있소!"

아버지가 맞받아쳤다.

"그래도 여기는 내 이름으로 된 땅이 있잖아. 머리털 나고 처음 내 앞으로 등기하게 생겼는데 어디로 가겠소."

아버지 이 한마디가 불을 뿜던 엄마 입을 닫아 버렸다.

성자네는 대대로 남의 땅에 농사지어 연명하던 집안이었다. 할아버지 때도, 그 할아버지의 할아버지 때도 기와집 주인에게 땅을 빌려 모도 내고 보리도 베었다. 한 해 농사 뼈 빠지게 지어서 반 넘게 주인에게 바치고 나면 보릿고개에 눈앞이 노랬다. 대를 이어 일에만 파묻혀 살아도 빈대가 우글우글한 초가집에서 벗어나지 못했다. 해방되고 전쟁이 터지고 휴전이 되고 다시 세월이 흘렀지만 나아지는 것도 달라지는 것도 없었다. '내 앞으로 된 땅 한 평'이라는 표어가 아버지에게는 양반 족보를 얻는 것보다 더 기꺼운 일이었다. 그 속내를 모를 리 없는 엄마였다.

"곧 집 지을 재료도 나온다 그러고. 학교랑 병원이랑 공장도 들어선다니, 여보 조금만 참읍시다."

엄마는 아버지의 안타까운 눈길을 외면하느라 천막 밖으로 나가 버렸다.

*

장마가 끝나자 불볕더위가 시작되었다.

성자에겐 하루하루 버티는 것이 극기 훈련의 연속이었다. 매일 저녁 만원 버스에 세 시간 가까이 시달리다 내리면 내일은 못 나가 하는 생각이 분수처럼 솟구쳤다. 그래도 새벽이면 제시간에 눈이 딱 떠졌다. 온몸이 쪼개질 듯 피곤해도 정신은 말똥말똥해졌다.

"엄마, 저 다녀와요."

출근 준비를 마친 성자가 나직한 소리로 인사를 했다. 성재 옆에 누워 있던 엄마가 부스스 일어났다.

"큰애야, 애기 좀 봐라. 이상하다."

도로 앉아 막내 옆으로 간 성자가 동생 이마에 손을 얹었다.

"에구머니, 불덩이네. 애, 언제부터 이래요?"

성자가 다급하게 물으며 동생을 안아 올렸다.

"자다가 끙끙거리는 소리에 일어나 봤더니 이 모양 아니냐. 아버지도 회원가 뭔가 간다고 어제저녁에 나가서 안 들어왔는데 이를 어쩌나."

"병원부터 가 봐야 할 거 같아요. 어쩌지?"

성재는 큰누나 품에 안겨 끙끙 앓는 소리를 했다. 성자는 어찌해야 할지 몰라 고개만 이리저리 젓다 일어섰다.

"아버지부터 찾아볼게요. 어른들 모여서 회의한다고 했으니 누구 물어볼 사람이라도 있겠죠."

성자가 성재를 다시 엄마에게 넘겨주고 일어섰다. 엄마는 성자 얼굴만 쳐다보며 벌벌 떨었다.

"빨리 다녀와라. 이러다 애 어떻게 될까 겁난다."

날은 덥고 깨끗한 물이 나오는 수도는 멀리 있었다. 밥 짓는 데 쓰는 물이든 설거지할 물이든 귀하기가 이를 데 없었다. 아이들은 제대로 씻지도 않은 손으로 밥을 집어 먹고 더러운 웅덩이에서 물장난을 쳤다.

"장질부사(장티푸스)가 돈다더니 그건가?"

그렇다면 성희도 무사하지 못하다. 성재랑 온종일 붙어 다니며 같이 먹고 자고 싸고 하는 오누이다. 성자는 고민할 것도 없이 어젯밤 아버지가 갔다는 성남 출장소 쪽으로 뛰었다. 뛰면서 길가 양 옆을 열심히 살폈다. 공중전화를 찾는 것이었다. 공장에 오늘은 못 나간다고 알려야 했다. 무단결근 세 번이면 월급도 못 받고 그냥 쫓겨나야 한다. 성자는 입안이 바짝바짝 말랐다. 광주 대단지를 총괄하는 성남 출장소는 한참을 달린 후에야 저만치로 보였다.

"다 왔다! 어?"

서둘러 뛰던 성자 발걸음이 멈추었다. 출장소 앞이 새카맣게 물결치고 있었다. 사람들이었다. 한눈에 봐도 그 수가 대단했다. 대단지에 사는 사람은 모조리 나와 이 앞으로 모인 것 같았다. 다들 집에서 입은 채로 뛰어나왔는지 꼴이 에푸수수했다. 그러나 표정들만은 벼린 칼처럼 날카롭고 매서웠다. 여기저기서 들고 흔드는 종이, 판자, 무명천이 눈앞을 어지럽게 했다.

백 원에 매수한 땅 만 원에 폭리 마라!

살인적 불하가격 결사반대!

배고파서 못 살겠다!

일자리를 달라!

영세민을 더 이상 착취하지 마라!

사람들은 이리저리 무리 지어 구호를 외치기도 하고 중구난방 악을 써 대기도 했다.

"아니 백오십 원에 산 땅을 팔천 원에 되팔아!"

"서울시가 악덕 부동산업자인 줄 오늘 알았네!"

"집 한 채씩 준다고 사기 쳐 놓고 뻔뻔스럽게 취득세, 재산세 용지를 보내!"

"뭘 취득하고 무슨 재산을 불렸다고 세금을 매겨?"

"그것도 한 달 안에 내라니 이게 말이 되냔 말이야!"

사방에서 고함이 터져 나왔다. 금방이라도 뭔 일이 일어날 것만 같았다. 몇몇 사람들 손에 식칼, 몽둥이, 곡괭이가 들려 있었다. 허기에 굶주린 눈에 살기가 차올랐다. 당장에 세상을 뒤엎을 기세였다.

성자는 두렵고 무서운 마음에 허둥지둥 발걸음을 옮겼다.

"아버지! 아버지!"

성자는 사람들을 헤치고 다니며 아버지를 찾았지만 찾을 수 없었다. 당연했다. 5만 명이 넘는 사람들이 출장소 둘레를 겹겹이 가로막고 큰길가까지 가득 들어찼다. 거기서 아버지를 골라낸다는 건 그야말로 모래밭에서 쌀알 찾기다.

성자가 한참을 헤집고 다니는데 또 다른 말들이 들렸다.

"온다던 서울 시장은 왜 안 오는 거야!"

"열 시까지 꼭 온다더니 나타나기는커녕 감감무소식이잖아!"

"직접 면담 어쩌고 하면서 시간만 질질 끌더니 어디로 도망간 거야!"

"더는 못 참겠다!"

그사이 해가 떠올라 뜨거운 햇볕이 내리쪼였다. 아침부터 물 한 모금 못 먹고 구호를 외치던 사람들이 움직이기 시작했다.

"갑시다! 이대로 앉아서 죽으나 싸우다 죽으나 매한가지, 억울한 분풀이라도 하고 죽읍시다!"

누군가 힘차게 외치자 군중에서 우, 하는 선동 소리가 울려 퍼졌다. 성자는 눈앞이 아득해 출장소 앞을 서둘러 빠져나왔다. 이대로 무리 속에 서 있다가는 만원 버스 안에서처럼 원하지 않는 어디론가 밀려갈 것만 같았다.

"성재, 의사 선생님, 아버지….'

성자는 성난 군중이 파출소 쪽으로 몰려가는 것을 뒤로하고 다시 집 쪽으로 달렸다. 무수한 사람들이 성자를 스쳐 지나갔다. 다들 성자가 왔던 출장소 쪽으로 몰려가고 있었다.

"엄마! 엄마!"

성자가 숨이 턱까지 차 천막 안으로 뛰어 들어오다 "어?" 하고 멈추어 섰다.

천막 한가운데 누운 성재 앞에 낯선 남자 한 명이 앉아 있었다. 하얀 와이셔츠에 양복바지를 입은 남자는 성재에게 무슨 가루약을 먹이는 중이었다. 다들 둘러앉아 성재가 물에 탄 가루약을 넘기는 걸 지켜보았다. 성자는 진지한 서슬에 눌려 가만히 자리에 앉았다.

"의사 선생님이야?"

성자가 곁에 있는 성옥에게 귀엣말을 했다.

"아니. 목사님이야."

"뭐? 목사님이 성재를 치료하시는 거야?"

"일단 설사 멈추고 열 내리는 지사제랑 해열제를 먹이는 중이야."

성옥이 자초지종을 말해 주었다. 성자가 출장소 앞에서 우왕좌왕하는 사이, 성옥이 산비탈에 있는 천막 교회로 뛰어간 것이다. 성옥은 언젠가 낮에 찾아온 전도사가 남긴 말을 기억하고 있었다.

"언제든 도움이 필요하면 오너라."

다행히 교회에는 비상약도 목사도 있었다.

"요즘 단지 내 장티푸스가 유행입니다. 일단 있는 약으로 비상 조치는 해 놨으니 얼른 병원으로 옮기시죠."

목사가 진땀으로 번들거리는 이마를 훔치며 일어섰다.

"저는 그만 가 봐야 하겠습니다. 출장소에서 서울 시장 면담할 때 제가 출석하기로 되어 있거든요."

성자가 나섰다.

"제가 방금 거기서 오는 길이에요."

성자는 지금껏 본 대로 모두에게 말해 주었다. 목사 얼굴이 흙빛으로 변했다.

"그렇담 큰일 났군. 이대로 가다간 폭동이 일어날 수도 있어."

목사는 눈동자를 이리저리 움직이더니 천막을 나갔다. 서두르는 품새가 무척 다급해 보였다. 그때 엄마가 목사님, 하며 뒤쫓아 나갔다.

"이대로 가시면 어떡합니까. 지금 난리가 나서 버스도 끊겼다는데 애를 무슨 수로 병원에 데려가요."

엄마가 물에 빠진 사람처럼 목사의 소매를 붙잡고 늘어졌다.

목사가 뭔가 떠오른 듯 대답했다.

"그럼 우선 아이를 교회로 옮기세요. 의과대학생들이 무료봉사 오는 날이 오늘이니까 잘하면 아이를 보일 수 있을 거예요. 한데 진짜 시위가 격해지면 교통편이 마비될 수도 있으니 장담할 수는 없습니다."

목사는 이 말을 끝으로 달음질치기 시작했다. 저 멀리 출장소 쪽에서 검은 연기가 무럭무럭 피어오르고 있었다. 그새 무슨 사달이 난 게 틀림없었다. 그 광경을 멍하니 보고 서 있던 세 모녀는 천막 안쪽에서 들리는 성희의 울음소리에 퍼뜩 정신을 차렸다.

"엄마! 성재가 부들부들 떨어!"

"얼른 가자!"

엄마는 성재를 업고, 성옥은 성희 손을 잡고 교회로 뛰기 시작했다. 성자는 다시 아버지를 찾으러 파출소 쪽으로 달렸다.

아버지는 아비규환 한가운데 있었다. 엉망진창이 된 파출소 앞에서 대단지 사람들과 경찰들이 대치하고 있었다. 이들은 서울시에서 급파한 경찰 기동타격대였다. 사람들 손에는 돌멩이 하나씩이 들려 있었다. 전투경찰들은 커다란 방패와 곤봉을 꼬나 쥐고 서있었다. 군중 사이에서 와, 하는 소리와 함께 투석전이 벌어졌다.

여기저기서 불길이 치솟았다. 파출소는 이미 유리창이 깨지고 문이 부서졌다. 그 앞에 서 있던 경찰차는 불이 붙어 매캐한 연기를 무럭무럭 뿜어냈다.

성자는 난생처음 보는 광경에 온몸이 얼어붙었다. 육이오전쟁 이야기는 숱하게 들어 머릿속으로 영화 한 편을 찍을 정도였다. 하지만 성자가 태어난 해가 1955년이니 전쟁을 직접 보지는 못했다. 한데 그 무섭다던 전쟁이 코앞에서 펼쳐지고 있었다.

"아버지!"

성자는 경찰과 군중 사이에 서 있는 아버지를 향해 악을 썼다. 아버지는 몸싸움을 벌이는 경찰과 이주민들 사이에서 갈팡질팡하는 중이었다. 그런데 이주민에게 무차별 곤봉 세례를 퍼붓는 경찰을 막아서다 그만 어깨를 맞았다. 아버지는 윽 소리와 함께 그 경찰을 힘껏 떠밀었다. 평생을 농사와 막노동에 길이 든 몸이었다. 마음은 여리고 순할지 몰라도 힘만은 누구에게도 밀리지 않는 아버지였다. 떠밀린 경찰이 나뒹굴자 곁에 서 있던 다른 경찰들이 벌떼처럼 아버지에게 달려들었다.

"사람 살려!"

성자는 저도 모르게 단말마를 올렸다. 동시에 아버지를 향해 뛰어 나갔다. 그러나 본격적으로 맞붙은 이주민과 경찰들 때문에 나아가기는커녕 떠밀려 나자빠져 버렸다. 무릎과 팔꿈치가 까져 피가 맺혔다. 정신없이 싸우는 패들 아래서 성자는 밟히고 채였다.

"비켜욧!"

비명을 올리던 성자가 간신히 정신을 다잡고 일어섰다. 이젠 곧 다시 떠밀리지 않을 거라 마음먹었다. 몰매를 맞는 아버지를 구해 내야 했다. 그 단순명료한 생각 하나가 성자를 일으켰다. 성자는 앞을 가로막는 누구든 두 팔로 헤집어 버리고 앞으로 나아갔다. 한 덩어리로 엉켜 싸우는 사람들 밖으로 빠져나와 다시 아버지 있는 쪽으로 갔다.

"어? 어디 가셨지?"

아버지는 거기 없었다. 대신 경찰들이 도망치기 시작하는 게 보였다. 겨우 700명 정도밖에 되지 않은 숫자가 수만 명의 성난 저항을 잠재울 수는 없었다. 경찰이 뒤로 물러서자 몇몇 사람들이 환호성을 울리며 파출소 지붕 위로 올라갔다. 성자는 아버지가 파출소 지붕 위에 나타나는 모습을 멀찍이서 발견하곤 안도의 울음을 터트렸다. 하지만 성난 군중은 그 정도로 만족하지 못했다. 대단지를 사방으로 휩쓸고 다니며 시위를 이어 나갔다.

8월의 작열하던 태양이 서쪽 산으로 서서히 잠기기 시작했다. 성자는 흙투성이가 된 채로 타박타박 교회로 걸었다. 아까 파출소 앞에서 만난 아버지와 나눈 대화가 떠올랐다.

"나는 괜찮으니 얼른 네 엄마한테 가 봐라. 이 집 기둥은 성재가 아니라 바로 너야."

아버지는 대책위원회 사람들과 함께 서울로 갈 거라고 말했다.

"가서 시장, 아니 대통령님을 만나 우리 억울한 사정을 고해야지. 박통이라면 알아주실 거야."

큰소리치는 아버지 몰골이 말이 아니었다. 멍들고 깨진 상처가 몸 여기저기 박혀 있었다. 그런데 이상하게 얼굴은 빛이 났다. 살아 있는 물고기의 비늘 같았다. 성자는 아버지를 말릴 용기가 나지 않았다. 서울 가는 버스를 잡아타고 갈 거라며 아버지는 아저씨들과 큰길가로 사라졌다.

교회에 도착한 성자는 눈이 휘둥그레졌다. 교회 천막 앞에 하얀 가운을 입은 대학생들이 진료 탁자를 꾸며 놓고 한창 사람들을 돌보고 있었다. 그 앞에 시위를 하다 다친 사람들이 줄지어 서 있었다. 성자는 천막 안으로 고개를 디밀었다. 성옥이 붕대를 들고 천막 안에 누운 사람들 사이를 오가고 있었다.

"성옥아!"

"언니!"

"이게 다 어떻게 된 일이야? 엄마랑 성재는?"

성옥은 대답 대신 성자를 보며 화들짝 놀랐다.

"언니 어디서 이렇게 다친 거야?"

성자는 동생이 소독약으로 자신의 까진 팔과 다리를 치료하는 걸 지켜봤다. 성옥이 차분하게 말문을 열었다.

"아까 낮에 대학생 의료봉사단 언니 오빠들이 교회에 도착했어. 들어보니까 우리 대단지에 난리가 났다고 교통편이 중간에 끊겼다지 뭐야. 다들 어쩔까 의논하다 그냥 남은 길을 걸어오기로 했대. 시위가 벌어졌다면 분명 다친 사람들도 많이 생길 거라면서 말이야."

성재는 봉사단을 이끌고 온 의과대학 레지던트 선생님에게 진료를 보고 집으로 돌아갔다고 했다.

"엄마가 의사 선생님에게 백 번도 넘게 인사를 했어. 난 여기 남아 심부름을 하기로 했고."

성자는 성옥에게서 또 한 번 밝게 빛나는 얼굴을 보았다. 좀 전에 서울로 간다는 아버지의 얼굴 다음이었다.

*

저절로 눈이 떠져 깨어 보니 새벽이었다. 출근 시간이 되면 어김없이 깨는 잠이다. 성자는 천막 천장을 멀거니 바라보며 눈을 깜박였다.

'오늘이 벌써 사흘째인데 어떡하지?'

성남 출장소에 불이 난 지 사흘이 되었다. 전화도 끊기고 버스도 안 다닌다. 공장에 소식을 전할 길이 없었다. 월급도 월급이지만 무단결근으로 회사에서 잘리면 그 소문이 꼬리표처럼 따라다녀 재취업하기가 어려워진다. 동대문에서 일하자면 무조건 성실과 근면을 증명해야 했다.

성자가 살며시 일어나 집 밖으로 나왔다. 천막 앞에 놓인 물통에서 물 한 바가지를 퍼서 세수를 했다. 그리고 입은 옷 그대로 걷기 시작했다.

'대학생들도 걸어왔다면서. 나라고 못 할 거 없지.'

성자는 아랫배에 힘을 꽉 쥐었다.

'가서 사정 얘기를 하면 사장님도 이해해 줄 거야. 준식 오빠도 거들어 줄 테고.'

길은 아무리 걸어도 줄어들지 않았다. 과천을 지나 한강 다리를 건너자 눈앞이 팽 돌기도 했다.

'그러고 보니 먹은 게 하나도 없네.'

성자는 해거름이 다 되어 동대문 평화시장에 도착했다. 버스로 세 시간 걸리는 길을 걸어서 오자니 꼬박 한나절이 걸렸다. 그것도 죽기 살기로 재촉해 걸은 덕분이었다. 성자는 땀과 먼지로 범벅이 되어 쉰내가 날 지경이었다. 그런 꼴로 공장 문을 열었다. 안에서 전기 미싱 소리가 숨 가쁘게 울려 대고 있었다.

"반장 오빠."

성자가 들어서며 준식을 불렀다. 동시에 공장 안에서 옷감과 씨름하던 모두의 눈길이 성자에게 꽂혔다.

"아니 너!"

제일 먼저 놀란 사람은 정 사장이었다. 그와 마주 서서 주문량을 확인하던 준식의 눈도 접시만 해졌다.

"살아 있었구나."

준식이 성자의 손을 덥석 잡으며 물었다. 순간 성자의 눈가가 벌겋게 달아올랐다. 며칠 동안 겪은 난리를 준식에게 다 털어놓고 위로받고 싶은 마음이 불같이 일었다.

모두가 광주에서부터 걸어왔다는 말에 기함을 했다.

"말도 안 돼. 이 날씨에 국도를 걸어서 왔다고?"

주미와 현자가 합창하듯 되물었다. 공장 안은 성자의 난데없는 출현에 술렁였다. 그 흥분에 찬물을 끼얹은 사람은 정 사장이었다.

"빈민들이 폭동을 일으켜 국가 전복을 시도했다는데 너도 한패냐?"

"폭동이요? 누가 그런…."

성자가 기가 막혀 대꾸하려는데 정 사장이 말허리를 잘랐다.

"나라에서 시키면 시키는 대로 할 것이지, 없는 것들이 겁도 없이. 그래서 너도 그 폭동에 휩쓸려 다니느라 직장은 나 몰라라 팽개친 거야?"

성자는 정 사장 뒤로 보이는 미싱 자리로 눈을 옮겼다. 거기엔 못 보던 여자아이가 치마를 박고 있었다. 정 사장은 성자의 눈길을 따라 뒤를 돌아보더니 내뱉었다.

"너 대신 오늘부터 일하기 시작한 애다."

성자는 준식을 쳐다봤다. 준식은 고개를 숙인 채 아무 말도 없었다.

"오빠! 오빠는 알잖아. 우리 동네 사정 다 알잖아."

성자가 애끊는 소리로 매달리자 준식이 성자를 데리고 공장 밖으로 나왔다.

"나도 어찌할 방도가 없었어. 사장은 전부터 너 광주에서 출퇴근하는 걸 못마땅해 했잖아. 게다가 폭동까지 있었다고 하니까 아예 그쪽 출신은 절대 안 쓴다고 하더라고."

"왜?"

"고분고분하지 않을 거라나."

그러면서 혼잣말처럼 덧붙였다.

"이번 사태가 있기 전에 나와서 다행이긴 하지만 나도 조심해야 해. 엄마랑 할머니가 아직 거기 계시니까."

그 말에 성자의 가슴이 서늘하게 식어 버렸다.

성자는 말없이 준식 앞을 떠났다. 준식은 차갑게 식은 성자의 눈과 마주치더니 허겁지겁 말했다.

"내가 일자리 알아봐 줄까?"

성자가 손을 저었다.

"필요 없어. 내 일은 내가 알아서 할게."

"그럼 잠시만 기다려. 일 마치는 대로 라면 한 그릇 사 줄게. 너 걸어오느라 밥도 못 먹을 거 아니야."

성자가 싫다고 했다.

"왜? 너 라면 좋아하잖아."

성자가 피식 웃으며 돌아섰다.

"라면은 집에 가서 가족들이랑 먹어야지."

상가 건물 식수대에서 수돗물로 배를 채운 성자는 숨 돌릴 틈도 없이 다시 광주를 향해 걷기 시작했다. 성자가 천막에 도착하자 시간은 새벽 4시를 넘기고 있었다. 천막에는 남폿불이 밝혀져 있었다.

"다들 안 자나?"

성자가 문을 들추고 들어서자 마주 앉아 있던 엄마와 성옥이 벌떡 일어났다.

"이놈의 계집애. 말도 없이 어딜 갔다가 이제 와!"

엄마가 성자를 향해 손을 치켜들었다. 그러나 남폿불 흐린 빛에 비친 큰딸 얼굴을 보고는 팔을 떨어트렸다. 성자는 무너지듯 자리에 고꾸라져 잠들어 버렸다.

눈을 떠 보니 해가 서쪽으로 한참 기울어진 늦은 오후였다. 성자는 물에 젖은 솜처럼 무거운 몸을 일으켜 주위를 두리번거렸다. 안쪽에 성재가 잠들어 있었다. 성자는 얼른 동생 이마를 짚어 보았다. 열도 없고 식은땀도 없는 보송보송한 이마였다. 성재 옆에는 아버지가 누워 있었다. 아버지는 장티푸스를 앓는 성재보다 더 환자 같았다. 여기저기 터지고 깨진 자국에다 얼굴은 영양실조 걸린 사람처럼 파리했다. 눈부시던 빛은 온데간데없었다. 성자가 낮은 한숨을 쉬는데 성옥이 들어왔다.

"일어났어?"

"응. 어젯밤에 오다 들었는데 다 해결되었다며?"

"서울시에서 이주민들 요구 사항을 다 들어주기로 했대. 여기는 성남시로 승격이 되고. 시위대도 다 흩어졌어."

성자가 부스스 웃으며 아버지를 돌아봤다.

"잘되었다. 이제 아버지 말대로 뿌리내리고 살면 되겠다, 그치?"

성옥에게서 아무 대답이 없었다. 성자는 이상한 낌새에 동생을 재우쳤다.

"왜 그래?"

"우린 여기서 나가야 한대."

"왜?"

성자가 광주와 서울을 꾸역꾸역 오가는 사이 아버지는 종로경찰서에 붙들려 갔다. 폭동 주동자로 조서를 꾸미겠다고 윽박지르는 형사 앞에서 아버지는 입 한 번 제대로 떼지 못하고 벌벌 떨었다. 소식을 듣고 쫓아간 엄마가 형사를 불러내 꽁꽁 싸맨 손수건을 내밀었다. 엄마는 경찰서에 잡혀 있는 남편을 보러 가는 아줌마들 무리에 끼어 택시까지 대절해 서울로 달렸다.

"떡장사해서 모은 돈 전부예요. 날 좀 시원해지면 벽돌이랑 시멘트 사서 집 지으려고 꿍쳐 둔 건데…."

형사는 펄쩍 뛰며 엄마를 나무랐다.

"이 아줌마가 공무 집행 중인 형사를 어떻게 보고! 그거 당장 안

집어넣어요!"

그러나 잠깐의 실랑이 끝에 울음과 호소가 얹힌 지폐 뭉치는 형사 주머니로 미끄러져 들어갔다.

"주동자 명단에서는 빠지겠지만 대신 조건이 있소."

여기까지 들은 성자가 뒤를 돌아보았다. 성자의 착각이었을까? 성재 옆에 누워 잠든 아버지 눈가에 슬며시 물기가 고였다.

*

성자가 골목 어귀에 있는 구멍가게에 들어섰다.

"라면 다섯 봉지만 주세요."

가게 주인아주머니가 방에서 나오며 말을 걸었다.

"오늘 무슨 좋은 날이야? 깍쟁이 아가씨가 라면을 다섯 봉지나 사고?"

성자는 월급봉투에서 지폐 하나를 꺼내 들었다.

"오늘 첫 월급 탔거든요. 그래서 식구들한테 한턱내는 거예요."

성자가 새로 다니기 시작한 옷 공장은 삼원사 바로 아래층에 있었다. 성자가 출근한 지 사흘째 되던 날 건물 계단에서 준식을 마주쳤다. 준식은 뭔가 아쉬운 눈길을 던졌지만 성자는 짐짓 모른 척 밝게 웃기만 했다.

라면이 든 종이봉투를 받아들던 성자가 준식 생각에 쓸쓸한 웃음을 지었다. 그런 성자의 속내를 알 리 없는 가게 주인아주머니가 호들갑을 떨었다.

"아이고. 그 집은 이사 온 지 얼마 되지도 않았는데 식구마다 돈 벌러 뛰어다니고. 바로 밑에 동생은 중학생이라고 했지? 공부는 잘하는가?"

성옥이 말이 나오자 성자 얼굴이 환하게 갰다.

"네. 잘해요. 걔는 이다음에 의사 될 거예요. 여자 의사."

그때, 벽에 걸린 텔레비전에서 뉴스 앵커가 큰소리로 떠들었다.

박정희 대통령은 지난 팔월에 있었던 광주 대단지 사태에 대해 불순한 의도를 가진 폭도들이 일으킨 폭동이었다고 결론지었습니다. 한편 국가의 안전과 빈민의 주거 안정을 위해 최선을 다하는 정부에서는 박 대통령의 특별한 지시에 따라 이 사태를 원만히 해결하기로 했습니다. 서울 시장과 경기도 지사가 직접 광주를 찾아 폭동을 일으킨 이주민들의 요구 사항을 수용하기로 했습니다. 이번 대단지 사태로 인해 구속 기소된 인원은 총 스물두 명으로 이들은 폭동을 주도한 혐의로 입건되었습니다. 검찰은 이 중에 북의 사주를 받은 불순한 세력이 개입되었는지 밝혀내는 것이 주요 사안이라고 발표했습니다.

흑백텔레비전 화면으로 광주 벌판을 가득 메운 군중 사진과 경찰을 향해 돌을 던지는 사람들의 모습, 불타는 출장소와 파출소 영상이 줄줄이 나왔다. 그때 진열대를 정리하던 주인아주머니가 허리를 펴며 말했다.

"어서 오세요. 뭐 드릴까요?"

하염없이 텔레비전을 올려다보고 있던 성자가 퍼뜩 정신을 차렸다. 성자가 뒤를 돌아보니 뜻밖에도 아버지가 서 있었다. 아버지는 성자 뒤에서 성자와 똑같은 모습으로 텔레비전을 올려다보고 있었다.

"아버지!"

아버지가 얼른 텔레비전에서 눈을 떼고 말했다.

"담배 한 갑만 주쇼."

아버지는 성자 손에 들린 종이봉투를 힐끔 보더니 500원짜리 지폐를 꺼내 들었다.

"이것까지 다 해서 계산해 주쇼."

성자는 라면은 "제가 살게요"라고 말하려다 그만두었다. 아버지의 표정이 말할 수 없이 복잡했기 때문이다.

"라면 사러 왔냐?"

아버지는 거스름돈을 받으며 성자에게 말을 건넸다.

"예."

"그래, 얼른 가서 끓여 먹자."

아버지가 앞장서 가게를 나섰다. 성자가 아버지 뒤를 따르며 말했다.

"엄마가 팔다 남은 가래떡도 썰어 넣는다고 했어요."

그 말에 아버지 얼굴에 잔잔한 미소가 번졌다.

"그래? 그럼 뭐시다냐…, 그냥 라면이 아니라 떡라면이네. 명절도 아닌데 웬 호사냐."

성자도 마주 웃었다.

"그러네. 떡라면이네."

아버지가 발걸음을 빨리하며 말했다.

"얼른 가자! 네 동생들 목 빠지게 기다리겠다."

성자와 아버지는 새로 이사 온 용산 판자촌 골목 안으로 바삐 걸어 들어갔다.

★ ★ ★ ★ ★ ★ ★

민주네 떡볶이

때는 '국풍 81'의 기억이 아직 선명한 1985년이었다. 서울아시안게임을 한 해 앞 둔 그해, 연일 반복되는 뉴스 멘트가 모두의 머리를 짓눌렀다.

"올림픽을 앞둔 국가의 국민으로서…."

서울올림픽대회를 성공적으로 개최해야 한다는 구호가 건국 이념처럼 국민의 뇌리에 세뇌되던 시절이었다.

하지만 평범한 사람들은 국제 대회의 성공적 개최를 위해 뭘 어떻게 해야 할지 알 수 없었다. 다들 왜 그래야 하는지도 모른 채 큰 제사 앞둔 새 며느리처럼 마음만 종종거릴 뿐이었다.

내가 살던 동네는 5월이면 골목마다 라일락꽃이 피어 진한 향기를 뿜어냈다. 거의 모든 집이 목련과 라일락을 한 그루씩 마당에 심어 놓은 덕분이었다. 라일락 그늘이 드리운 담벼락 아래에 서서 커다랗게 숨을 들이쉬면 낙원의 문이 열리는 듯했다. 그러나 항상 낙원은 아니었다. 우리 동네가 신촌 대학가 근처에 위치했기 때문이다. 봄가을이면 어김없이 매캐한 최루탄 가스 냄새가 날아왔다. 향긋한 꽃향기와 잔인한 화학 가스가 뒤섞인 봄바람이 온 동네를 떠돌았다. 나는 재채기가 나오고 눈이 뻑뻑해지면 이렇게 중얼거리곤 했다.

"또 데모하나 보다."

열한 살짜리 여자아이는 데모가 무슨 뜻인지 알지 못했다. 어른들끼리 주고받는 말을 주워들은 대로 따라하는 것뿐이었다.

"잘 가! 내일 봐!"

학교가 끝나고 친구들과 헤어지면 난 책가방을 멘 채 놀이터로 향했다. 우리 동네 놀이터는 버스 정류장이 있는 큰길에서 주택가로 들어오는 어귀에 있었다. 약간 언덕진 그 놀이터 울타리 한쪽에 단골 떡볶이 포장마차가 서 있었다.

"아줌마! 떡볶이 오십 원어치요!"

주인아줌마가 내 손바닥 위에 있는 동전을 집어 올렸다.

"거기 포크로 찍어 먹고 가라."

100원어치 아래는 접시에 담아 주지 않았다. 50원어치는 그냥 선 채로 떡볶이 판에서 부글부글 끓고 있는 한 개 10원짜리 떡을 다섯 개 찍어 먹으면 되었다. 하루 용돈이 잘해야 100원인 나 같은 국민학생에게 떡볶이 50원어치는 컸다. 방과 후 출출한 속을 달래기에 딱 좋고 남은 50원으로 달고나를 해 먹거나 문방구에 들러

한 개에 10원 하는 불량식품 사탕을 사 먹어도 좋았다. 불량식품 50원어치면 놀이터에 있는 아이들 서넛을 모아 하고 싶은 놀이를 할 수 있었다. 땅따먹기든 얼음땡이든 군것질거리를 쥐고 있는 내 뜻대로였다.

수저통에는 물이 찰랑찰랑 채워져 있었다. 아이들은 거기서 이쑤시개처럼 가늘고 볼품없는 플라스틱 포크를 꺼내 떡볶이를 찍어 먹고 다시 수저통에 던져 넣었다. 그러고 나면 그다음 아이가 다시 수저통에서 포크 하나를 꺼내고…, 뭐 대충 이런 친환경 재사용 법칙이 일찍이 통용되던 곳이 떡볶이 포장마차였다.

나는 포크를 든 채 김이 무럭무럭 나는 널찍한 떡볶이 판을 쏘아보았다. 다 똑같이 생긴 밀가루 떡처럼 보이지만 절대 그렇지 않다. 중간에 허리가 끊어져 두 토막이 난 놈들은 한눈에 보기에도 짤막하다. 자칫 방심하고 그런 떡을 찍어 올리면 그걸로 카운트 끝이다. 아줌마는 절대 토막 난 떡을 반 개로 쳐 주지 않았다. 친구와 수다를 떨며 무심코 찍다가 그런 놈한테 몇 번이나 걸렸는지 모른다. 수차례 낭패 끝에 난 떡볶이를 찍어 먹을 때만큼은 수다를 멈추고 초집중하는 버릇을 들였다.

다음으로 필요한 능력은 떡이 갓 넣어서 익힌 것인지 아니면 몇 시간 판 위에서 빙빙 돌다 불어 터진 것인지를 한눈에 간파하는 노련함이었다. 익힌 지 얼마 안 되는 떡은 날씬한 대신 쫄깃쫄깃하다. 오래 끓인 떡은 펑퍼짐하고 물컹물컹하다. 하지만 떡 안까지 국물이 배어 진한 맛이 난다. 여기서부터는 입맛대로 취향이다. 쫀득쫀득하고 씹는 맛이 더 좋은 아이, 즉 나 같은 아이는 날씬하고 하얀 떡을 골라 찍으면 된다. 짭짤하고 매콤한 국물 맛을 느끼면서 배까지 부르고 싶으면 굵고 물컹한 떡을 고르면 된다.

떡볶이를 개수대로 다 찍어 먹으면 이제 어묵 차례다. 작은 삼각형 모양으로 자른 어묵은 크기가 색종이의 4분의 1 정도 되었다. 어묵은 덤이다. 몇 개를 찍어 먹든 카운트에 들어가지 않는다. 물론 나름의 규칙은 있었다. 100원어치면 어묵 두 개, 50원어치면 어묵은 한 개 정도만 찍어 먹고 포크를 내려놓는 게 손님 된 도리다. 아줌마가 그러라고 시킨 적도 없고, 안내문을 포장마차 처마 지붕에 써 붙여 놓은 것도 아니건만 아이들은 사회적 규약이라도 되는 듯 어묵 개수를 알아서 지켰다.

"잘 먹었습니다. 안녕히 계세요!"

"그래, 또 와라!"

나는 플라스틱 컵에 어묵 국물까지 덜어 마시고 포장마차를 나섰다.

"역시 떡볶이는 민주네가 제일이지."

나는 입가에 남은 짠맛을 혀로 핥으며 중얼거렸다.

민주네 떡볶이!

다들 이 포장마차를 민주네 떡볶이라고 불렀다. 왜, 그리고 언제 그 이름이 붙었는지 아는 사람은 없었다. 포장마차 비닐 천막에 페인트로 쓴 것도 아니고 간판이 따로 있는 것도 아니었다. 다만 이름의 유래로 몇 가지 그럴듯한 이야기들은 떠돌았다.

우선 첫 번째, 포장마차 주인아줌마 막내딸 이름이 민주일 거라는 추측성 가설이었다. 우리 동네 끝 집에 사는 아줌마도 막내딸 이름을 따서 현주 엄마로 불렸다. 현주 아줌마는 현주 위로 아이를 아홉이나 낳았다. 동네 사람들은 그 아홉 남매의 이름은 외우지 못했다. 대신 제 엄마 치마꼬리를 붙들고 졸졸 쫓아다니는 막내 현주만은 다 알았다. 현주 밑으로 그 집의 유일한 아들인 준성이가 있었지만 존재감으로 치면 현주를 따라올 형제가 없었다. 하여튼 그런 엇비슷한 이유로 민주가 아줌마의 막내딸 이름일 거라는 풍문이 신빙성 있게 돌았다. 또 다른 주장도 있었다. 아줌마가 떡볶이를 퍼 줄 때 덤을 몇 개 얹어 주는 게 무척 '민주'스러운 행동이라고, 그래서 민주네 떡볶이가 된 거라는 소문이었다. 덤을 많이 주는 고마운(?) 행위가 왜 '민주'스럽다고 풀이되어야 하는지 알 수 없었지만 그 역시 꽤 설득력 있는 해석이었다. 그때는 온 사방에서 민주주의·민주 경찰·민주 시민·민주 투사·민주 열사…, 그저 너도 나도, 이편도 저편도 다 자기가 민주의 편이라고 핏대를 올리던 시절이었다. 그리하여 '民主'라는 그 위대하고 찬란한 두 글자가 어느새 흔한 유행어가 되어 아무 데나 붙었다. 민주상회, 민주세탁소, 민주이발관, 민주일보, 민주분식까지, 어디서든 당당히 얼굴을 내밀었다. 그러니 떡볶이 포장마차라고 민주라는 유행어를 상호로 붙이지 말란 법도 없지 않을까 싶은 거다.

연원이야 어찌 되었든 나에게 있어 민주네 떡볶이는 아지트이 자 성지였다. 당시 내가 살던 동네엔 통틀어 떡볶이 포장마차가 네 군데 넘게 있었다. 버스 정류장에 하나, 큰길에서 동네로 들어오는 길목에 하나, 내가 다니던 국민학교 뒷문 맞은편 담벼락에도 하나, 거기다 민주네 떡볶이까지 하면 네 곳이었다. 버스 정류장에 있는 상가 건물 1층 조아분식에서도 떡볶이를 팔았고, 겨울이면 어김없 이 나타나는 교회 담장 밑 어묵 장수도 한쪽에 떡볶이 판을 두고 겨우 내내 팔다 사라지곤 했다. 하지만 내게 있어 오직 한 곳, 충성 을 바치는 단골은 단연 민주네 떡볶이였다. 왜 하필 거기냐고? 이 유는 두 가지였다. 우선 떡볶이가 맛있다. 너무 맵지도 않고 짜지 도 않은 민주네 떡볶이는 매운 걸 못 먹는 내 입맛에 딱이었다. 거 기다 푸짐한 인심까지. 사실 내가 50원을 내고 여섯 개나 일곱 개 를 찍어 먹은 적도 여러 번이었다. 그때마다 아줌마는 내가 이실직 고하면 너그럽게 용서해 주었다.

"한두 개 더 먹고도 잡아떼고 거짓말하는 애들이 얼마나 많은 데."

그리고 분위기, 민주네 떡볶이는 도대체 왜 그런지 설명할 수 없지만 마음이 편했다. 사 먹을 거 다 사 먹고도 손님이 붐비지만 않으면 한구석 동그라미 나무 의자에 앉아 뭉그적거릴 여유를 내

주었다. 손님이 뜸할 때는 아줌마랑 수다를 떨기도 했다. 아줌마는 내가 학교에서 있었던 일을 얘기하면 관심 있게 들어 주었다. 물론 한계는 있었다.

"너 이렇게 떡볶이 자주 사 먹으면 엄마한테 야단맞지 않니?"

내가 사흘 연속으로 포장마차 천막 안으로 머리를 드밀면 어김없이 듣는 말이었다. 아줌마는 커다랗고 무거운 쇠 주걱으로 떡볶이 판을 휘휘 저으며 나를 쳐다봤다. 나는 주걱을 끈끈하게 감싸고 흐르는 떡볶이 국물을 바라보며 대답했다.

"엄마는 몰라요."

거짓말이 아니었다. 엄마는 항상 바빴다. 학교가 끝나 집으로 오면 겨우 두세 시, 엄마가 집에서 날 기다리는 날은 일주일에 손에 꼽을 정도였다. 엄마는 서예, 에어로빅, 수필, 유화 등등 요일을 바꿔 가며 뭘 배우러 다녔다. 집에서 살림만 하는 엄마는 남편이 출근하고 하나밖에 없는 딸이 등교하고 나면 할 일이 없었다. 그래서 낮에는 자기 계발을 위해 열심히 밖으로 나다녔다.

나는 집 열쇠도 없이 굳게 닫힌 대문 앞에 쪼그리고 앉아 엄마를 기다리다 동네 아이들이 나타나면 놀이터로 몰려갔다. 책가방이 나 대신 덩그러니 대문에 기대앉아 엄마를 기다렸다. 그러다 3학년이 되고, 하루에 100원씩 용돈을 받게 되면서부터 민주네 떡볶이 출입이 시작된 것이다. 학교가 끝나면 우선 집에 들러 엄마가 있나 없나를 확인한다. 대문이 굳게 닫혀 있고 아무리 불러도 안에서 인기척이 없으면 난 가차 없이 놀이터로 향했다. 놀이터에서 배가 출출할 때까지 뛰논다. 그러다 목도 마르고 배가 고프면 민주네 떡볶이로 간다. 여기까지 듣고 있자면 궁금한 게 대충 두 가지 생기기 마련이다.

"아니, 왜 만날 늦게 다닐 거면서 애한테 집 열쇠를 안 줘?"

그 질문에 대한 답은 엄마가 직접 한 말로 대신하겠다.

"쟤가 열쇠를 한두 번 잃어버린 줄 아니? 도둑이 주웠다가 밤에 대문 열고 들어올까 봐 겁나서 죽겠어."

그때만 해도 사시사철 대문을 열어 놓고 사는 집과 꼭꼭 걸어 닫고 사는 집이 섞여 있었다. 대문을 열어 놓고 사는 집이 닫아 놓고 사는 집보다 수는 적었지만 난 항상 그 집에 사는 아이들이 부러웠다. 열어 놓고 사는 집일수록 오히려 집 안에는 꼭 누군가 있었고, 난 놀이터에서 놀다가 화장실이 급하면 대문 열어 놓고 사는 집 아이를 물색해 신세를 지곤 했다. 수돗물 한 바가지 얻어 마시거나 화장실 한번 사용하는 건 이웃 간에 신세로 치지도 않던 시절이었다. 지금 생각하면 엄마는 그런 분위기를 믿고 대문을 잠근 채로 시장에 가고 서예 학원을 갔던 것 같다.

두 번째 질문은 뭐 이런 게 아닐까?

"아니, 학교가 끝나면 학원을 가야지. 어떻게 애가 허구한 날 놀이터에서 빙빙 돌아? 얘는 학원 다니는 거 없나?"

1980년대엔 아이들이 거의 학원을 다니지 않았다. 학원이 아예 없었던 건 아니다. 내가 다닌 학원은 피아노 학원, 주산 학원, 미술 학원 이렇게 세 가지였다. 하지만 요즘처럼 이 세 곳을 동시에 다닌 게 아니었다. 일본 만화영화가 매주 딱 한 번, 한 개의 에피소드만 방영했듯이 학원도 일주일에 하나씩만 다녔다. 피아노 학원에 다닐 때 항상 엄마가 골목에서 놀고 있는 나를 불러다 피아노 가방을 쥐어 주었다. 나는 고무줄놀이를 같이하던 동네 여자애들한테,

"금방 갔다 올게. 놀고 있어."

라고 인사를 하고 얼른 뛰어가 한 시간 동안 피아노를 뚱땅거리다 부리나케 다시 골목으로 돌아오곤 했다. 물론 고무줄놀이를 하던 친구들은 약속대로 날 기다려 주었다.

이야기가 잠깐 삼천포로 빠졌는데 다시 본론으로 돌아가자면, 엄마는 내가 민주네 떡볶이 단골인 건 알고 있었지만 거의 매일 드나들며 아줌마와 친하게 지내는 것까지는 알지 못했다. 게다가 엄마 역시 민주네 떡볶이의 VIP 중 한 명이었다.

아빠가 늦게 들어오는 날인데 저녁밥까지 하기 싫을 때, 엄마는 나를 데리고 산책하러 나갔다. 놀이터 벤치에 앉아 내가 정글짐을 오르락내리락하는 걸 멍하니 바라보다 이렇게 말했다.

"성희야, 오늘은 우리 그냥 떡볶이로 저녁 때울까?"

엄마는 내 대답은 듣지도 않고 천천히 포장마차로 갔다. 그리고 쩨쩨하게 50원, 100원 하면서 떡 가락 굵기나 재는 일은 하지 않

왔다.

"삶은 계란이랑 야끼만두랑 해서 오백 원어치만 포장해 주세요."

떡볶이 500원어치면 쫄면 그릇이 뿌듯하게 찰 정도로 푸짐한 양이었다. 나는 못난이보다 야끼만두를 훨씬 더 좋아했고 엄마는 꼭 삶은 계란을 한 사람에 한 개씩 해서 두 개 넣었다. 많이 사면 살수록 어묵 덤이 많아지니 500원어치면 떡 양은 오히려 적어지고 다른 메뉴로 가득 찼다.

"야끼만두는 몇 개나 넣을까요?"

민주네 아줌마가 쫄면 그릇에 비닐을 덮어씌우며 물었다. 500원어치나 사 가는 큰손님이니 비위를 맞출 만도 한데 아줌마는 그저 덤덤한 얼굴과 목소리였다.

"성희야. 넌 몇 개 먹을 수 있어?"

"난 두 개!"

"그럼 아줌마, 세 개 넣어 주세요. 계란은 두 개 주시고요."

오히려 대답하는 엄마의 목소리가 더 나긋나긋하고 친절했다.

민주네 아줌마는 날렵하고 군더더기 없는 몸짓으로 비닐봉지에 뜨끈뜨끈한 떡볶이를 채워 넣었다.

"야! 맛있겠다."

나는 민주네 아줌마가 몇 살인지 몰랐다. 열한 살 계집아이 눈에는 어른은 그저 아줌마 아니면 할머니, 아저씨 아니면 할아버지였다. 난 아줌마가 엄마보다 훨씬 나이 든 사람이라고 짐작했다. 엄마의 뽀얀 피부와 윤기 흐르는 머리카락은 아줌마의 어둡고 거친 피부, 그리고 푸석한 머리카락에 비하면 확실히 젊고 생생한 느낌을 풍겼다. 난 민주네 아줌마가 활짝 웃는 건 보지 못했다. 환하게 웃는 모습은커녕 빙그레 웃는 얼굴도 보지 못했다. 반면 엄마는 늘 잔잔하고 따스한 미소를 장착하고 살았다.

"여자한테 제일 예쁜 화장은 미소야."

엄마도 눈에 뜨일 정도로 예쁜 편은 아니었다. 그래도 난 엄마를 보며 기품 있다, 라는 단어를 배웠다. 큰 부잣집 사모님처럼 값비싼 옷과 보석으로 치장한 적은 없지만 엄마는 나름 멋이 있었다. 백화점에서 산 옷을 제철에 맞게 갖추어 입고 장신구도 때와 장소에 맞추어 달았다. 집에서도 홈웨어라고 불리는 꽃무늬 원피스를 입었다. 엄마는 화단을 가꾸고 집을 꾸미는 걸 좋아했다.

그에 반해 민주네 아줌마는 늘어진 국방색 티셔츠와 몸뻬 차림이 1년 내내 똑같았다. 허리에는 짙은 회색의 커다란 돈주머니를 앞치마처럼 차고 있었다. 팔뚝엔 떡볶이를 끓이면서 데인 화상 자국이 수도 없었다. 꼭 철사로 할퀸 상처 같았다. 상처는 선명한 빨간색이었지만 표정은 사시사철 무표정이었다. 열한 개를 먹어 놓고도 100원만 내고 가는 아이, 겨우 200원어치 사 먹으면서 어묵을 더 많이 달라는 까까머리 중학생, 어묵 국물만 연거푸 마시며 소주는 안 파느냐고 투덜대는 청소부 아저씨, 300원어치 먹어 놓고 200원어치만 먹었다고 박박 우기는 고등학생 오빠, 우리 손자한테는 떡볶이 팔지 말라며 고래고래 소리를 지르고 가는 할머니까지…. 민주네 아줌마는 무덤덤한 얼굴로 백 가지 표정의 사람들을 치러 냈다. 힘이 들어도, 속이 상해도, 기쁘고 슬퍼도 아무 표정없이 떡볶이를 끓이고 어묵 국물을 우려냈다.

*

국자 속 말간 설탕물이 하얀 소다 가루를 만나는 순간 노란 달고나가 부풀기 시작한다. 나는 온 마음을 다해 국자 속을 휘젓는다. 얼마큼 빨리, 얼마큼 많이 돌리냐에 따라 달고나 맛과 모양의성패가 좌우된다.

"얏! 부풀어라!"

내가 한창 나무젓가락으로 달고나 신공을 펼치고 있는데 큰길쪽 언덕에서 부르는 소리가 들렸다.

"성희야!"

"어? 동호 삼촌!"

동호 삼촌은 엄마의 막냇동생, 그러니까 나한테는 작은 외삼촌이다. 엄마는 아들과 아들 사이에 있는 고명딸이다. 나는 큰 외삼촌은 '큰 외삼촌'으로 깍듯이 불렀지만 작은 외삼촌은 그냥 동호삼촌이라고 불렀다.

동호 삼촌이 연탄불 앞에 앉은 나를 내려다보며 빙그레 웃었다. 삼촌의 그 너그럽고 시원한 미소, 나는 그 표정만 보면 내가 사는 세상이 순식간에 확장되는 느낌을 받았다. 내 세상이란 겨우 집, 학교, 놀이터, 민주네 떡볶이가 전부였다. 하지만 동호 삼촌의 그 명민하고 자애로운 웃음의 원천이 되는 세상은 더 깊고 넓은 어떤 이상향 같은 것이었다. 그 세상이 무언지 정확히 알 수 없었지만 어쨌든 그런 위대한 세계가 존재할 것만 같았다.

"삼촌!"

나는 달고나가 노랗게 부풀어 오른 국자를 같이 온 친구에게 시원하게 양도하고 삼촌을 따라나섰다.

"집에 엄마 계셔?"

"몰라. 근데 아마 없을 거야. 오늘 수요일이라서 서예 학원 가는 날이거든."

"너 집 열쇠는 있어?"

나는 고개를 가로저었다.

"그럼 책가방은?"

"책가방은 대문 앞에다 두고 왔어."

"뭐? 그러다 잃어버리면 어떡하려고 그래."

"괜찮아. 아무도 안 훔쳐 가."

"참 내, 누나는 애 팽개치고 뭐 하고 다니는 건지."

"요즘 아빠가 만날 늦게 들어오거든. 엄마 혼자 집 지키고 있자니 갑갑증이 나서 못 견디겠다고 낮에는 꼭 외출해야 한대."

나는 엄마 대신 변명을 했다.

신문사에 다니는 아빠는 매일같이 늦었다. 오히려 일찍 퇴근하는 아빠를 보는 게 더 이상했다. 통금 시간에 맞추어 들어온 아빠는 독한 술 냄새를 풍기며 "우리 딸 벌써 자나" 하고 내 볼을 만지작거렸다. 엄마는 온갖 심술과 신경질로 아빠의 빠른 귀가를 종용했지만, 부부싸움만 커질 뿐 별 소득은 없었다. 결국 엄마는 낮에 외출하는 것으로 분풀이를 했다.

"그럼 집 열쇠라도 만들어 줘야지. 이게 뭐냐. 내가 올 때마다 매번 이러니."

"두 번이나 만들어 줬어. 내가 자꾸 잃어버리니까 그만둔 거지."

열쇠를 두 번이나 잃어버린 것도 혼자 있기 싫어 열쇠를 들고 놀이터에 나가 놀다가 그런 거다.

나는 삼촌이 조카딸 걱정을 하느라 친누나를 헐뜯는 모양이 기뻐서 괜스레 깡충거리며 걸었다.

"배 안 고프니?"

"응. 아까 떡볶이 사 먹고 막 달고나 만들던 중이었어."

"고것 가지고 되나."

삼촌은 구멍가게로 들어갔다. 그러고는 고구마깡과 홈런볼, 초코 우유를 사 주었다.

삼촌과 나는 구멍가게 앞에 놓인 파라솔 의자에 앉아 과자를 까먹었다. 삼촌은 내가 빨대로 초코 우유를 쪽쪽 빨아 먹는 모습을 물끄러미 바라보다 말했다.

"삼촌 며칠 성희네에서 지낼까?"

"진짜? 와! 신난다."

동호 삼촌이 우리 집에 있으면 아빠가 아무리 늦게 들어와도 부부싸움은 일어나지 않는다. 엄마도 아빠도 체면 때문에 삼촌 앞에서는 싸울 수가 없다. 거기다 엄마가 삼촌을 위해 맛있는 요리를 잔뜩 할 게다. 엄마에게 동호 삼촌은 그냥 남동생 이상의 의미를 지니는 사람이기 때문이다. 엄마는 동호 삼촌이 집안의 자랑이자 보람이라고 했다. 스물여덟 살인 동호 삼촌은 연세대학교 3학년 학생이었다. 스물여덟이나 되었는데 이제 겨우 대학교 3학년인 이유는 이렇다. 우선 3수를 했다. 대학교에 들어가서는 1학년을 마치고 군대를 다녀왔다. 제대하니 스물다섯이었다. 다시 학교를 1년 다니고 휴학을 했다. 휴학한 이유는 운동 때문이라고 했다. 나는 처음에 그 '운동'이 헬스장에 가서 아령을 들거나 윗몸 일으키기를 하는 건 줄 알았다. 그런데 삼촌이 내 앞에서 자랑한 적이 있었다. 휴학하고 근로 청소년을 위한 야학도 가르치고 운동권 선배들과 공부도 많이 했다고 말이다. 그 '운동권'이란 게 '데모질'이라는 걸 엄마 아빠 둘이 속닥거리는 걸 엿들어서 겨우 알게 되었다.

삼촌이 큰 외삼촌의 성화에 못 이겨 다시 복학한 게 그해 봄이었다. 동호 삼촌은 다른 건 몰라도 야학에서 공장 다니는 학생들 가르치는 일은 그만두지 않겠다고 했다. 바로 그 부분이 엄마와 동호 삼촌 간 불화의 시발점이었다. 엄마는 삼촌이 정치외교학과를 졸업하자마자 외무고시를 통과해 외교관이 될 거라고 믿고 있었다. 일찍 돌아가신 외할머니 대신 동생 뒷바라지를 한 누나의 바람은 강요로 변질된 지 오래였다. 동호 삼촌은 그런 누나에게 사랑과 증오를 동시에 느끼는 것 같았다.

"내가 하지 말라니까 더 어깃장을 놓는 거 같아. 제 매형이 신문사 정치부 기자라고 믿고 까부는 것도 아니고 말이야."

엄마가 삼촌 걱정을 할 때마다 후렴구로 넣는 문장이었다.

내가 볼 때 아빠가 신문사 정치부 기자라서 거들먹거리는 건 엄마 쪽이었다. 엄마는 교양 있는 여성이라 남편 자랑을 대놓고 하는 부류가 아니었다. 엄마가 아빠에게 가진 자긍심은 무심한 듯한 말 한마디에서 툭 튀어나오곤 했다.

"몰라. 우리 아이 아빠가 무슨 끗발이 있어? 겨우 통금 시간 넘어서 집에 들어오는 거밖엔 없지 뭐."

기자증이 있으면 자정이 넘어 거리를 돌아다녀도 검문에 걸리지 않는다는 걸 에둘러 자랑하는 말이었다. 밤 12시가 넘어 나다니다 경찰에 붙들리면 남녀노소 상관없이 경찰서 유치장에서 날밤을 새워야 하는 당시로써는 꽤 잘난 체하는 소리였다. 그러고 보면 엄마는 결국 삶의 자랑이자 보람인 남편과 남동생이 자기 뜻대로 움직이지 않는다는 사실에 항상 화가 나 있었다. 그 두 사람에게 애정과 헌신을 쏟는 만큼 보상도 확실히 받아야 한다고 여기는 게 틀림없었다.

삼촌과 내가 구멍가게 앞 파라솔에서 킬킬거리고 있는데 뒤에서 목소리가 들렸다.

"동호 왔구나."

돌아보니 엄마가 시장바구니를 들고 서 있었다. 서예 학원 끝나고 시장에 들른 모양이었다. 바구니에는 고기며 과일, 채소와 달걀이 뿌듯하게 담겨 있었다.

나는 그득히 찬 바구니 속을 들여다보며 물었다.

"엄마, 오늘 삼촌 오는 거 알았어?"

엄마는 대꾸도 없이 우리를 재우쳤다.

"얼른 들어가자. 누가 보겠다."

난 우리 세 식구를 누가 보는 게 뭐가 잘못된 일인가 싶어 고개를 갸웃거렸다.

그날 저녁 반찬은 갈치조림이었다. 나는 짭조름하고 고소한 갈치 살을 발라 먹는 데 여념이 없었다. 엄마는 늦게 들어오는 아빠 대신 삼촌에게 아빠 밥주발을 내주었다. 삼촌은 커다란 밥그릇에 담긴 밥을 밥풀 하나 남기지 않고 다 먹었다.

저녁 9시 뉴스가 끝나고 삼촌은 내 숙제를 봐주었다. 나는 삼촌과 장난 반, 숙제 반을 하고 잠자리에 들었다.

얼마나 잤을까? 이상한 소리가 귀를 찔렀다. 잠결이었지만 본능

적으로 위협적인 기척을 느꼈다. 난 눈도 뜨기 전에 가슴이 두근거리며 오그라들었다. 그 날카롭고 찢는 듯한 고함은 엄마 아빠가 부부싸움을 할 때 나는 소리랑 똑같았다. 난 삼촌이 있는데도 부부싸움을 하는 건가 싶어 두 눈을 번쩍 떴다.

"언제까지 이러고 다닐 건가! 그만큼 나이를 먹었으면 철 들 때도 되었잖아!"

아빠 목소리였다. 어? 부부싸움이 아니라 삼촌을 나무라는 소리잖아.

"매형마저 이해 못 해 주시면 전 어떡하란 말입니까?"

동호 삼촌은 목이 메는 소리로 대들었다.

"오늘 내가 취재가 있어 경찰청에 들어가지 않았으면 자네 수배령 내린 것도 까맣게 몰랐을 거 아니야."

아빠 목소리가 낮게 깔렸다. 거기서 뿜어져 나오는 기운은 위협 같기도 하고 경고 같기도 하고 질타 같기도 했다. 나는 동호 삼촌에게 뭔가 심각한 일이 벌어졌다는 걸 직감할 수 있었다. 엄마의 비명 같은 질책이 이어졌다.

"호적에 빨간 줄 긋고 무슨 공무원 시험을 봐. 응시도 안 되는 거 몰라서 그러고 다녀!"

"이번에는 내가 어떡하든 무마해 줄 수 있지만 두 번은 안 돼. 처남, 신중하게 처신해."

아빠가 경고 섞인 다짐을 놓는데 엄마가 쨍, 하고 고함을 질렀다.

"당장 데모 그만둬!"

"조용히 좀 해. 성희 깨겠어."

아빠가 엄마를 나무랐다.

"지금 성희가 대수예요? 죽기 살기로 키워 놨더니 이렇게 뒤통수를 쳐?"

그 말을 끝으로 안방은 잠시 고요해졌다. 나는 베개를 가슴에 안은 채 귀를 활짝 열고 앉아 있었다.

"그만둘 수 없어요."

한참 만에 들리는 동호 삼촌의 목소리는 작고 낮았지만 힘이 들어가 있었다.

"뭐?"

황당해하는 엄마 목소리가 둥 떴다.

"동지들을 배신할 수 없고 신념을 굽힐 수 없어. 변절하고 목숨을 붙이는 건 죽느니만 못해."

삼촌은 담담하고 맑은 어투로 말을 이었다.

"그리고 매형, 저 때문에 괜히 애쓰실 것 없습니다. 매형을 이용해 언론 권력에 아부하고 싶지 않습…."

"뭐라고? 다시 말해 봐!"

삼촌의 말이 채 끝나기도 전에 아빠의 고함이 터져 나왔다.

"죄송합니다. 매형을 모욕하려는 뜻은 아니었어요. 다만…."

"다만 뭐? 어용 신문사 기자 도움 따위는 아니꼽다 이건가? 그래! 잘난 명문대 학생이 보기에는 내 꼴이 같잖겠지. 빨갱이 사상에 물들어서 천지 분간 못 하고 날뛰면 그게 거룩한 민주 투쟁이고 민족 해방인가? 주체사상은 동생 걱정에 눈이 짓무르는 제 누이도 본체만체하고 식구들 가슴에 대못 박으라고 가르치던가?"

"함부로 말씀하지 마십시오. 이 나라가 어둠을 벗고 민주 사회로 진일보하기 위해서는 희생이 따라야 합니다. 그 희생이 깨어 있는 학생이나 시민들의 몫이라고 하면 어쩔 수 없는 거지요. 천구백팔십 년 광주사태를 아직도 모르는 사람이 태반입니다. 이게 나랍니까? 군인이 비무장한 국민을 향해 총을 쏘고 총검을 휘두른 일이 어떻게 쉬쉬하며 소문으로만 떠돈단 말입니까?"

"그러니까 그 희생을 왜 자네 피붙이가 감당해야 하느냐고!"

"가족주의로 얽매려고 하지 마십시오."

"애가 미쳤나 봐!"

엄마의 울음소리가 터져 나왔다. 아이고, 소리가 커지자 아빠는 동네 창피하다며 화를 냈다.

"잘난 동생이라고 떠받들어 키우더니 꼴좋다."

나는 동호 삼촌을 이해할 수 없었다. 왜 삼촌은 범죄자가 되려고 하는 걸까?

놀이터 옆 파출소 담벼락에 수배자 전단지가 붙어 있었다. 나는 놀이터에서 놀다가 심심하면 전단지를 구경하곤 했다. 살인, 강도, 강간, 사기, 횡령, 폭행 등의 죄명을 가진 수배자들의 사진은 하나같이 무섭고 낯설었다. 사기라는 죄명이 달린 남자는 너무 잘생기고 멀쩡해서 한참을 들여다보기도 했다. 드물게 여자 사진이 나붙을 때도 있는데 대부분 죄명이 살인 아니면 사기였다. 얼굴 위에 수배라고 쓰인 도장이 찍힌 사진은 붙잡힌 범인들이라고 엄마가 말해 주었다. 현상금이 50만 원에서부터 1000만 원까지 붙어 있는 전단지를 올려다보며 '그래도 제일 비싼 건 간첩이구나' 하고 고개를 주억거렸다.

동호 삼촌이 그런 수배자가 되었다고? 왜? 담임 선생님이 그랬다. 아시안게임과 올림픽을 개최하는 나라의 국민임을 자랑스러워 해야 한다고. 이게 다 민주 사회 구현을 위해 불철주야 노력하는 5공화국 정부가 있기 때문이라고. 나는 건넌방에 홀로 앉아 곰곰이 궁리하다 나름의 결론을 내렸다.

'삼촌은 공부를 너무 많이 해서 그런 거야!'

여섯 살 때였다. 시골 친척집에 놀러갔다 귀동냥으로 들은 얘기가 있었다. 천재라고 소문났던 어떤 아저씨, 서울대만 고집하느라 너무 공부를 많이 해서 머리가 획 돌아 버렸단다. 결국엔 서울대는 커녕 사람 구실도 못하고 짐 덩어리가 되었다는 이야기를 훔쳐 듣는데 얼마나 흥미진진하던지…. 동호 삼촌이 엄마 아빠의 속을 썩이며 고집을 피우는 것도 다 공부를 지나치게 많이 해서 그런 거라고 결론을 내렸다.

내가 혼자서 이 궁리 저 궁리 하는데 방문이 벌컥 열렸다.

★ 167

"어? 성희 안 자고 있었어?"

얼굴이 발갛게 달아오르고 눈에 핏발이 선 삼촌이 나를 바라봤다.

"싸우는 소리에 깼어."

내가 잠긴 목소리로 대답하자 삼촌이 내 앞으로 와 앉았다.

"아이고, 우리 강아지가 삼촌 때문에 잠을 설치고. 미안해서 어떡하지?"

삼촌은 두 손으로 내 볼을 감싸 쥐고 빙그레 웃었다. 그 웃음 속에 잠겨 있는 삼촌만의 세상이 미치도록 매혹적이면서도 미어지게 가슴 아팠다. 난 겨우 열한 살이었다. 그 세상의 구체적인 실체를 알 수 없었지만 코앞에서 숨을 쉬는 삼촌의 세상에 대한 느낌만은 선명하고 강렬했다.

"삼촌, 왜 싸워?"

내 물음에는 왜 엄마 아빠랑 싸워, 라는 질문과 왜 세상과 싸워, 라는 질문이 모두 포함되어 있었다. 똑똑한 삼촌은 중의적인 내 물음을 금세 간파한 표정이었다.

"글쎄, 왜 싸워야 할까?"

삼촌은 내 등 뒤로 열린 창으로 무심한 눈길을 던졌다. 창밖 검은 하늘엔 반달이 외롭게 떠 있었다. 나는 삼촌의 대답을 참을성 있게 기다렸다. 방금 전 다 들었으면서도 나를 위한 설명이 필요했다.

"모순 때문일 거야."

난 '모순'이란 단어를 알지 못했다. 그 두 글자는 그날 밤, 삼촌의 입을 통해 처음 들었다. 그래서일까? 지금도 모순이란 말을 발음할 때마다 동호 삼촌이 떠오른다.

"모순이 뭐야?"

"음… 불합리한 세상, 아니 그 말이 더 어렵겠구나. 쉽게 말해서 앞뒤가 안 맞는 상황, 이치에 닿지 않는 일을 말하는 거야."

단어보다 단어 풀이가 더 어려웠다. 나는 오리주둥이를 해 가지고 삼촌을 노려봤다.

"못 알아듣겠어."

삼촌은 조카딸의 표정이 우습고 귀여웠는지 풋, 하며 내 머리를 쓰다듬었다.

"예를 들어서 너희 학교 선생님이 너희보고 무단 횡단 하지 말라고 가르쳐 놓고 자기는 교통 신호 위반하면서 운전하고 다니는 거랑 같은 거야."

"우리 선생님이 빨간색 신호등에 길을 건넌다고?"

"아이고, 이 녀석아. 그런 뜻이 아니라…."

삼촌은 내 볼을 살짝 꼬집고는 벌러덩 누워 버렸다.

"그만두자. 자던 아이 깨워 놓고 별소리를 다 한다, 내가."

삼촌은 낮에 입고 온 티셔츠에 청바지 차림 그대로였다. 이불 위로 몸만 뉜 삼촌은 이내 눈을 감아 버렸다. 나는 내 곁에서 잠든 척 숨을 몰아쉬는 대학생 어른을 내려다보다 자리에 누웠다. 그러곤 창밖에 홀로 뜬 달을 보며 '모순'이란 단어를 생각했다.

이튿날은 일요일이었다. 늦잠에서 깬 나는 얼른 옆을 보았다. 삼촌이 누웠던 자리가 서늘하게 비어 있었다.

"삼촌 어디 갔어?"

나는 잠옷 바람으로 부엌으로 가 엄마에게 물었다.

엄마는 뒤도 돌아보지 않고 대답했다.

"새벽밥 먹고 갔다."

"언제 또 온대?"

내 물음에 엄마는 국만 끓일 뿐 말이 없었다. 그 뒷모습이 커다 랗고 무거운 바윗돌을 지고 있는 짐꾼 같았다. 나는 실망과 염려에 싸인 채 아침밥을 하는 서른여섯 살 여자의 등을 쳐다보았다.

*

월요일 아침 조회시간이었다. 전교생이 운동장에 줄 맞추어 서서 교장 선생님의 훈화 말씀을 듣고 있었다. 차렷 자세로 40분을 꼼짝 않고 서 있자면 종아리가 땅기고 허리가 쑤셔 온다.

"에, 이번 주와 다음 주는 불량식품 근절 캠페인 주간이 되겠습니다. 이제 곧 김포공항을 통해 수많은 외국 손님들이 아시안게임을 보러 우리나라를 방문할 겁니다. 그런데 길거리에 비위생적인 불량식품 판매소가 줄줄이 늘어 서 있는 걸 본다고 생각해 보세요. 국제 망신입니다, 국제 망신! 우리 ○○국민학교 어린이들은 불량식품 절대 사 먹지 않지요? 정부에서도 불량식품 단속을 대대적으로 벌일 것을 공표했습니다. 올해 말까지 전국의 모든 무허가 불량식품 판매소는 강제 철거됩니다."

나는 바람이 살랑거릴 때마다 먼지가 폴폴 일어나는 운동장에 서서 고개를 갸웃거렸다.

'그렇담 우리 동네에 있는 떡볶이 장수들은 다 잡혀간단 말이야? 미영이네 구멍가게에서도 두 개에 십 원 하는 눈깔사탕을 팔고 학교 앞 문방구에서도 쫀드기랑 아폴로를 파는데 여기도 다 문 닫는다고?'

내가 풀리지 않는 수수께끼에 사로잡힌 사이, 교장 선생님에 이어서 학생주임 선생님이 단상에 올라 공지 사항을 발표했다.

"불량식품을 사 먹는 학생은 학교 차원에서 징계가 있을 예정이니 각별히 유념하기 바랍니다."

학생주임 선생님의 문장은 품위와 인자함을 내세우는 교장 선생님의 말투와는 전혀 다른, 직설적이고 위협적인 경고였다. 담임 선생님은 칠판 한 귀퉁이에 〈주간 실천: 불량식품 근절〉이라고 써 놓았다.

나는 학교가 끝나자마자 부리나케 놀이터로 향했다. 두근두근한 가슴으로 멀찍이 보이는 언덕배기를 살폈다. 포장마차가 닫혀 있었다. 가슴이 철렁했다. 그새 단속반에 걸린 건가? 아줌마가 불량식품 단속 주간인 걸 알고 장사를 안 하는 건가? 나는 포장 비닐이 둘둘 묶인 채 서 있는 손수레 앞을 서성이다 발걸음을 돌렸다.

내가 터덜터덜 길을 내려오는데 아래쪽에서 민주네 아줌마가 플라스틱 약수통을 들고 올라오고 있었다.

"아줌마!"

"학교 벌써 끝났니?"

"왜 이렇게 늦게 나오세요?"

"집에 수도가 끊겨서 시장에서 물 받아 오느라고 늦었다."

나는 아줌마 이마에 송골송골 맺혀 있는 땀방울을 보자 살짝 짜증이 올라왔다.

"아줌마는 집에 도와줄 사람 없어요? 아줌마 먼저 나와서 포장마차 열고 준비할 동안 식구 중 아무나 물 받아다 가져다주면 되잖아요."

아줌마가 맥없이 웃었다.

"일할 사람이 어디 있어. 큰애는 새벽에 돈 벌러 공장 출근하고 작은 녀석들은 학교 가야지, 너처럼."

아줌마는 포장마차를 열며 중얼거렸다.

"큰애도 그렇지, 온종일 공장에서 일하고 밤에는 야간 고등학교 다니느라 항상 파김친데 이까짓 물통 좀 옮기는 게 무슨 대수라고 부려먹겠니."

나 들으라고 하는 소리가 아니라 스스로에게 타이르는 말 같았다.

나는 아줌마의 첫째 아들이 아직 고등학생 나이인데 공장에 다닌다는 얘기가 신기했다. 고등학생이면 좋은 대학에 가기 위해 밤낮으로 공부만 하는 거 아닌가? 그런데 낮에는 공장에서 플라스틱 그릇을 찍어 내고 퇴근 후에 학교에 간단다. 밤에만 여는 학교에 다닌다고 했다.

나는 다시 물었다.

"아저씨는요?"

"아저씨 없다. 내가 가장이다."

아빠가 없는 집도 있다는 걸 처음 안 순간이었다.

"철도 들기 전에 어른이 되어 버린 거지. 남들은 자식 대학 보낸다고 학원이니 과외니 야단이던데 나는 겨우 개 월급봉투 받아 적금 부어 주는 게 다니, 뭐."

나는 멍하니 서서 아줌마가 연탄불을 피워 올리고 떡볶이 떡을 가락가락 뜯는 걸 구경했다. 그러다 퍼뜩 정신이 들었다. 불량식품 단속에 대해 알려 주려고 왔으면서 내내 딴소리만 했다.

"아 참! 할 얘기 있어요."

내가 말문을 여는데 아줌마가 끼어들었다.

"그런데 너 오늘은 피아노 안 가니?"

"앗! 지금 몇 시예요?"

포장마차 기둥에 달아놓은 플라스틱 시계가 3시 15분을 가리키고 있었다.

"큰일 났다!"

나는 부리나케 피아노 학원으로 갔다. 피아노 가방을 가져가지 않아 선생님께 야단을 맞았다. 피아노를 치면서도 그사이 혹 철거반이 민주네 떡볶이로 쳐들어가는 건 아닌지 걱정이 되었다. 선생님은 자꾸만 손가락이 틀리는 내게 신경질을 냈다.

"성희! 오늘은 왜 이리 집중을 못 해!"

그러거나 말거나 내 머릿속에서는 영화 한 장면이 떠올랐다. 영화 배경은 우리 동네 교회 담벼락이었다.

교회는 우리 동네에서 가장 큰 건물이었다. 하얀 페인트로 칠해진 담장 아래는 신도들이 차례로 청소 봉사를 해서 담배꽁초 하나 없이 깨끗했다. 날이 더워지는 5월이 되면 그늘이 깊게 드리우는 담벼락 아래로 갖가지 손수레들이 장사를 펼치곤 했다. 여름에는 수박이나 참외 장수의 손수레가, 겨울에는 군고구마나 붕어빵 장수 손수레가 진을 쳤다. 특히 일요일이면 손수레가 두세 개씩 늘어섰다. 그게 다 예배를 보고 나오는 신도들을 겨냥한 장사들이었다.

토요일 오후에는 달고나 아저씨가 주일 학교를 마치고 나오는 아이들을 기다렸다. 찍어 낸 모양을 흠집 없이 떼어 내면 하나를 덤으로 더 받는 시스템 덕분에 주일 학교를 마치고 나온 아이들은 파라솔 아래 웅숭그리고 앉아 설탕 과자를 입으로 녹이며 아슬아슬한 재미에 빠져들었다. 그러던 어느 토요일이었다. 난데없이 못 보던 풀빵 장수가 달고나 파라솔 자리에서 풀빵을 굽고 있었다. 그 날따라 늦게 나온 달고나 아저씨는 자기 자리에 풀빵 장수가 전을 펼쳐 놓은 걸 보자 가만있지 않았다.

우리는 주일 학교 선생님과 함께 〈세상에 가득한 주님 사랑〉이라는 노래를 배우고 있었다.

"야! 누가 여기서 장사하라고 했어?"

"이 자리가 네 땅이야? 네가 세놓은 자리냐고!"

"뭐? 이 양아치 새끼가! 어디서 굴러먹다…."

"양아치 새끼? 야, 이 시팔…."

교회 창문을 통해 날아 들어오는 쌍욕은 날고기처럼 생생했다. 아이들의 찬송가 소리는 시나브로 잦아들고 욕지거리가 예배당 벽을 쾅쾅 울렸다. 신성한 주님의 집을 가득 채우는 싸움질 소리는 묘한 부조화와 흥분을 자아냈다. 우리는 대학생 선생님의 만류 따위는 아랑곳없이 밖으로 몰려나갔다. 교회 담장 밑 길바닥에는 난장판이 벌어져 있었다. 노란 풀빵이 여기저기 흩어져 있었고, 팥소가 가득한 플라스틱 그릇과 밀가루 반죽이 담긴 주전자는 내장을 쏟아 놓은 생선처럼 재료들을 토해 낸 채 널브러져 있었다.

두 아저씨 사이에 오고 간 욕설을 차마 옮겨 적을 수는 없으리라. 난 각종 동물 욕과 부모 욕, 그리고 인격 모독 폄하 발언 등을 생중계로 시청했다. 주일 학교 선생님들이 아이들을 다시 교회 안으로 밀어넣으려 앞을 막아섰지만 우리는 이미 거룩한 예수님의 사랑보다는 질펀하고 원색적인 속세의 자극에 넘어간 후였다.

"이 장소에 대한 특단의 조치가 필요하겠군요."

"주님의 사랑을 실천하는 의미로 행상을 묵인했더니 안 되겠습니다."

뒤쫓아 나온 목사님과 장로님이 조용히 주고받은 대화였다.

이튿날인 일요일 해거름 녘, 우리 식구는 설렁탕을 먹고 집으로 돌아오는 길이었다. 버스에서 내려 들어오는데 교회 앞이 소란스러웠다. 어차피 집으로 가려면 교회 앞을 지나가야 하니 우리는 호기심 어린 표정으로 그쪽으로 다가갔다.

나는 흡, 하고 걸음을 멈추었다. 교회 목사님과 장로님, 전도사님 들이 보는 가운데 웬 아저씨들이 달고나 파라솔을 때려 부수고 있었다. 초록색 새마을 모자를 쓴 사람도 있고 '공무 집행'이라는 글자가 새겨진 노란 완장을 찬 사람도 있었다. 달고나 아저씨는 사색이 된 얼굴로 그들에게 달려드는 중이었다.

"손대지 마! 이거 내 전 재산이란 말이야!"

아저씨들은 몸집이 왜소하고 깡마른 달고나 아저씨 따위는 겁 안 난다는 듯 가볍게 밀쳐 버렸다. 그리고 순식간에 엉망진창으로 부서진 달고나 장비들을 트럭에 싣고 떠나 버렸다. 길바닥에 주저앉은 달고나 아저씨는 창피한 줄도 모르고 엉엉 목 놓아 울기 시작했다.

"에이! 흉하다. 얼른 가자."

아빠는 나란히 늘어선 교회 사람들을 힐끗 보더니 내 손목을 끌었다. 아빠가 흉하다고 말한 상대가 달고나 아저씨인지, 아저씨를 구경하고 서 있던 교회 사람들인지 헷갈렸다. 엄마는 혹여 목사님과 얼굴이라도 마주칠까 봐 먼저 질러가서 아빠와 날 기다리고 있었다.

그 후 교회 담벼락에는 어떤 장사도 펼쳐지지 않았다. 텅 빈 시멘트 바닥 사이로 잡초들만 삐죽삐죽 고개를 내밀었다. 나는 그 앞을 지날 때마다 손수레들이 떠올랐다. 아저씨가 쫓겨난 이후 내가 주일 학교를 계속 다녔는지, 아니면 그만두었는지 기억나지 않는다. 다만 붉게 달아올라 우는 아저씨의 일그러진 얼굴과 그런 사내를 말간 표정으로 지켜보던 목사님 얼굴만은 잊히질 않는다.

난 피아노를 치면서도 계속 그 살벌했던 장면이 떠올라 심장이 쿵쾅거렸다.

"안녕히 계세요!"

수업이 끝나자마자 놀이터로 뛰어갔다. 한시라도 빨리 민주네 아줌마에게 불량식품 단속반이 들이닥친다는 얘기를 해 주어야 했다.

"에이, 그냥 학원 지각하더라도 말하고 올걸."

나는 언덕배기로 뛰어 오르다 걸음을 멈추고 한숨을 돌렸다.

"휴! 다행이다."

민주네 떡볶이는 여느 때와 같이 평화롭게 성업 중이었다. 나는 천천히 발걸음을 옮겨 포장마차로 다가갔다.

"아줌마 떡볶이 오십 원어치요."

나 혼자 애태우던 사정을 알 리 없는 민주네 아줌마는 그 무심한 표정 그대로 수저통에 담긴 포크를 가리켰다.

"찍어 먹고 가라."

*

난 결국 아줌마에게 불량식품 일제 단속령에 대해 말해 주지 못했다. 좀 더 정확히 표현하자면 못 했다기보다는 안 해도 되었다, 라고 말하는 게 맞았다. 며칠이 지나도 불량식품 근절 캠페인은 학교 안에서만 시끄러울 뿐 세상과는 아무 상관이 없어 보였다. 학교 정문 앞 문방구에서 파는 싸구려 군것질거리도 그대로 잘 팔려 나갔고 여기저기 있는 떡볶이며 달고나 장사도 여전했다.

"거봐, 괜히 걱정했잖아."

"그러게. 하여튼 학교에서 호들갑 떠는 거 다 말뿐이야."

친구와 나는 문방구에서 아폴로 한 봉지를 사서 둘이 나눠 먹으며 안도의 숨을 내쉬었다.

주머니가 가벼운 아이들에게 불량식품은 삶의 희망이고 위안이었다. 왜 어른들은 아이들의 기쁨과 즐거움에 불량한 시선을 꽂을까? 가게에서 파는 제과 회사의 과자들엔 비싼 값이 매겨져 있었다. 초코 우유 한 개에 200원이니 더 이상 무슨 말을 하랴. 껌 한 통에 100원이고 월드콘은 무려 300원에 다다랐다. 아이스크림 하나를 사 먹으려면 사나흘은 꼬박 용돈을 모아야 했다.

내 세상은 다시 평온 속으로 회귀했다. 아빠는 매일같이 늦게 들어왔고 엄마는 취미 생활에 몰두했다. 집 열쇠가 없는 나는 놀이 터에서 친구네로, 그러다 출출해지면 민주네 떡볶이에서 외상으로 떡볶이를 찍어 먹으며 시간을 보냈다.

유난히 무더운 날이었다. 겨우 6월에 접어든 초여름이었지만 체육 시간 40분을 견디기 어려울 만큼 햇볕이 따가웠다. 나는 학교가 끝나고 곧장 집으로 향했다. 엄마가 냉장고에 넣어 둔 보리차를 벌컥벌컥 마시고 싶었다. 대문은 여지없이 잠겨 있었다. 실망감에 목이 더 탔다. 내가 책가방을 문가에 내려놓고 주저앉는데 옆집 준호네 아줌마가 나왔다.

"성희야, 이거 받아라."

"어? 열쇠다."

"아까 너희 엄마가 맡겨 놓고 가셨어. 엄마 오늘 좀 늦으실지도 모른다니까 문단속 잘하고 있어라."

아줌마는 내게 열쇠를 넘겨주고 총총 사라졌다. 장바구니를 든 품새가 시장에 가는 모양이었다. 나는 대문을 열고 들어가 우선 냉장고부터 뒤졌다. 오렌지 주스 유리병에 든 보리차를 벌컥벌컥 마시고 찬장 위에 있는 강냉이 봉투를 꺼내 먹기 시작했다.

"휴, 다행이다. 오늘은 한 푼도 없어서 군것질도 못 하는데."

어제 문방구에서 친구에게 한턱낸 탓이었다.

보리차와 강냉이로 더부룩해진 배를 안고 일어났다.

"아직 만화 할 시간 좀 남았으니까 숙제부터 해야겠다."

나는 얼마 되지 않는 숙제를 해치우고 텔레비전 앞에 앉았다.

저녁 시간이 되었다. 이웃집에서 저녁 짓는 냄새가 솔솔 담을 넘어왔다. 나는 배가 고프기 시작했다. 엄마는 낮에는 집을 비울지라도 저녁 지을 시간이 되면 어김없이 집에 있었다. 내가 놀이터에서 늦게까지 놀다 들어가면 부엌에서 밥 짓는 냄새와 소리가 반겨 주곤 했다. 슬슬 조바심이 났다.

"왜 아직 안 들어오지?"

마당 밖으로 컴컴한 하늘이 성큼 내려앉았다. 나는 대문을 열고 나왔다.

"아유, 냄새!"

매캐한 최루탄 냄새가 골목 구석구석까지 퍼져 있었다. 우리 동네까지 실려 올 정도면 지금 신촌 대학가는 난리가 났을 거다. 나는 다시 집 안으로 들어가 창문을 꼭꼭 닫고 텔레비전을 켰다. 저녁 뉴스에서 뿌연 최루탄 연기 속에 잠긴 대학교 정문과 그 앞 차도가 나왔다. 마치 전쟁터를 보는 것 같았다. 앵커 아저씨는 데모하는 학생들이 얼마나 폭력적이고 반국가적인가에 대해 열변을 토했다. 나는 어지럽게 바뀌는 장면들을 바라보다 웅얼거렸다.

"삼촌….."

얼마 전 엄마 아빠와 치열하게 말싸움을 벌이던 동호 삼촌이 저

화면 속 어딘가에 있는 걸까? 그렇담 삼촌은 무사할까?

나는 쪼르륵거리는 배를 움켜쥔 채로 모로 누워 잠이 들었다.

얼마나 잤을까? 엄마가 나를 흔들어 깨웠다.

"어? 언제 왔어?"

"빨리 옷 갈아입어."

엄마 목소리는 겁에 질린 것 같기도 하고 화가 난 것 같기도 하고 무언가에 쫓기는 것 같기도 했다. 내 엄마 같지 않았다. 나는 무서워졌다.

"왜 그래?"

바깥은 그새 캄캄한 밤이 되었고 불 꺼진 안방에선 벽시계가 보이지 않았다. 엄마는 대답 대신 내 옷을 서둘러 갈아입히고 손목을 잡아끌었다. 큰길가로 나간 엄마가 택시를 잡아탔다.

"마포경찰서요."

'경찰서'라고 발음하는 엄마의 목소리가 너무 낯설어 소름이 끼쳤다.

택시가 공덕동에 다다를 때까지 나는 엄마에게 한마디도 건넬 수 없었다.

"다 왔습니다."

택시가 경찰서 정문 앞에 서자 저쪽으로 아빠가 서 있는 게 보였다. 엄마는 헐레벌떡 아빠에게 뛰어갔다.

"동호는요?"

역시 삼촌 문제였구나, 싶어 가슴이 두근거리기 시작했다.

"큰처남이 보증 각서 쓰고 데려갔어."

"보증 각서로 돼요?"

"작은 처남 다시 한 번 입건되면 큰 처남 직장 생활까지 영향이 있을 거라고 하더군."

엄마 얼굴이 말도 못하게 어두워졌다.

"난 오늘 경찰서에서 밤샘 취재하고 기사 써서 넘겨야 하니까 집에는 내일 점심때 즈음에 들어갈 거야."

"아니 집안이 이렇게 뒤숭숭한데 꼭 외박을 해야 돼요?"

엄마가 원망이 가득한 눈으로 아빠를 바라봤다.

"여태 작은 처남 빼내느라고 내 일은 시작도 못했어. 뭘 알고 바가지 긁어."

아빠 대답에 엄마 입이 꾹 다물어졌다.

엄마와 나는 다시 택시를 타고 집으로 돌아왔다. 놀이터 앞에서 택시를 세운 엄마가 말했다.

"성희야, 먼저 들어가. 엄마 가게 잠깐 들렀다 갈게."

나는 엄마를 따라 가서 과자 한 봉지를 얻어먹을까, 하다 포기했다.

"어. 빨리 들어와."

나는 고분고분 말 잘 듣는 딸내미가 되어 집으로 향했다. 엄마 속을 까맣게 썩이는 동호 삼촌 대신 나라도 착한 딸이 되고 싶었다.

나는 온 집 안에 불을 켜고 엄마를 기다렸다. 10분, 20분, 한 시간이 다 되도록 엄마는 들어오지 않았다.

"이상하다."

나는 어두움과 고요가 자아내는 무서움을 견디다 못해 운동화를 신고 집을 나섰다. 우선 구멍가게로 가 봤다.

"어? 너희 엄마 안 왔는데."

가겟방에서 고개를 내민 주인 할머니가 대답했다.

나는 가슴이 철렁했다.

"어디 간 거지?"

서둘러 큰길가 쪽으로 발걸음을 옮겼다. 아빠가 밤새워 일해야 한다는 경찰서로 다시 간 건가? 아니면 동호 삼촌을 보러 큰 외삼촌 집으로 간 건가? 왜 엄마는 나를 자꾸 집에 혼자 내버려 두고 어디로 기는 걸까? 어두컴컴한 길을 걸으며 별의별 생각이 다 떠올라 나를 괴롭혔다. 진땀을 흘리며 정신없이 걷자 어느새 놀이터 앞까지 발길이 닿았다.

언덕배기 위에 민주네 떡볶이 포장마차가 남폿불을 밝히고 서 있었다. 포장마차가 이렇게 늦은 시간까지 열려 있을 거라고는 생각하지 못했다. 하긴 저녁 9시 이후에는 거의 집 밖을 나다녀 본 적이 없었다. 나는 안도감에 커다란 한숨을 내쉬었다. 민주네 아줌마가 아직 여기 있다는 사실 하나만으로도 마음이 든든했다. 엄마가 혹여 경찰서든 큰 외삼촌 집이든 멀리 갔어도 여기서 떡볶이나 어묵을 먹으며 기다리면 된다. 아줌마는 혼자 된 나를 내팽개치고 가 버릴 것 같지 않았다. 민주네 떡볶이는 열쇠가 필요 없었다. 언제든 내가 고개를 디밀고 들어가고 싶을 때 들어가고, 머물고 싶은 만큼 머물다 나올 수 있는 곳이었다.

나는 아줌마에게 우리 엄마 혹시 못 봤느냐고 물어볼 요량으로 포장마차로 다가섰다. 그런데 안에서 익숙하고도 뜻밖의 목소리가 들렸다.

"아줌마, 소주 이게 다예요?"

"아유, 나도 이제 정리하고 들어가야 해요. 성희 엄마 말 상대해 주다가 통금 맞겠어."

"아이참! 딱 삼십 분만 더 있다 간다니까요. 아직 열 시도 안 되었구먼."

"내가 숨겨 놓은 소주까지 다 마셨으면 그만하고 집에 들어가요. 애 혼자 있다면서."

"성희 잘 거예요. 아줌마, 내가 보고 있을게요. 앞 가게 가서 소주 딱 한 병만 사다 줘요. 난 얼굴이 팔려서 술 사러 못 간다니까."

놀이터 근처 가게는 교회와 가까운 자리에 있었다. 엄마는 혹여 소주 사러 갔다가 목사님이라도 마주치면 망신이라며 아줌마를 졸라 댔다. 아줌마는 장사를 접는지 달그락거리는 소리를 내며 대꾸했다.

"사람이 살다 보면 술 한잔할 수도 있는 거지. 그래, 목사님은 사람 아니랍니까? 여자가 술 사다 마신다고 망신을 주게?"

"그러게요. 그런데 세상은 안 그래요. 아줌마야 장사하는 사람
이니까 몰라도 난 우리 교회에서 모르는 사람이 없어요. 애 아빠가
어디 다니는지도 다 안다고요. 남편 체면이 있는데 어떻게 내 멋대
로 하고 다니겠어요."

난 포장마차 밖에 서서 엄마가 하는 말을 듣다 움찔했다. 하나
밖에 없는 딸내미는 집에 혼자 놔두고 떡볶이 포장마차에 숨어 앉
아 소주를 마시는 엄마, 그런 사람이 신자 체면, 남편 체면을 따지
느라 그야말로 엉뚱한 사람에게 민폐를 끼치고 있었다.

"아이고, 부럽소이다. 챙겨야 하는 남편도 있고 체면도 있으니."

"있으면 뭘 해요. 다 나를 옭아매는 족쇄인데. 남동생만 해도 그래
요. 가슴앓이해 가며 키워 놨더니 너 언제 봤냐는 식으로 눈 하나
깜짝 안 하고 제 누이 속을 이렇게 썩입니다. 남편이란 위인은 날
집 지키는 개 취급이나 하고. 내가 무슨 낙으로 살겠어요. 누구 하
나 내 뜻대로 되는 사람이 없는데."

나는 포장을 걷고 쑥 들어섰다. 더는 엄마 이야기를 엿듣고 서
있을 수가 없었다.

"엄마!"

나는 소리를 꽥 질렀다.

"어? 너! 안 자고 왜 나왔어!"

엄마는 벌게진 얼굴에 소주 냄새를 팍팍 풍겼다.

민주네 아줌마는 나를 보더니 반색했다.

"성희야. 얼른 엄마 집에 모시고 가라."

나는 엄마 옆구리에 팔짱을 끼고 일으켰다.

엄마는 내 팔을 뿌리치며 살짝 꼬인 혀로 중얼거렸다.

"아이, 잠깐만! 성희야, 너 아까 경찰서에서 아빠 봤지. 엄마가 네 막내 삼촌 때문에 얼마나 속상한지 너도 봤지. 그러니까 엄마 여기서 딱 한 잔만 더 하고 가자. 엄마가 혼자 어디 갈 술집이나 있냐."

힘으로도 설득으로도 엄마를 일으킬 수 없었다. 나는 재빨리 머리를 굴렸다.

"엄마, 방금 윤 장로님이 파출소 쪽으로 가시는 거 같던데."

내 거짓말에 엄마가 흠칫 놀라더니 일어섰다.

"뭐?"

"파출소 앞으로 지나가시는 건지, 아님 파출소로 가시는 건지는 잘 모르겠어."

내가 한 번 더 부모를 속이는 대죄를 짓자 엄마 눈동자가 또렷해졌다.

"얼마 드리면 되죠?"

"소주는 내가 낸다고 치고 어묵 값만 줘요."

엄마가 1000원짜리 지폐를 내밀며 말했다.

"술값을 왜 안 받아요?"

아줌마는 엄마에게 500원을 거슬러 주며 말했다.

"우리 큰아들도 성희 막내 삼촌 같은 대학생한테 야학 배우고 있다오. 내가 그 선생님 얼굴을 한 번도 뵙질 못해서 그렇지, 얼마나 고맙게 여기고 있다고요. 성희 엄마 얘길 들으니 선생님이 생각나서 그러는 거니까 괜찮아요."

그 말에 엄마가 콧방귀를 핑 뀌었다.

"거기도 철없이 오지랖 떨고 다니는 인물 하나 있구먼. 어느 집 멀쩡한 아들이 좋은 일 한답시고 식구들 가슴에 못 박고 다니는 거야?"

순간 민주네 아줌마 얼굴이 회색빛으로 어두워지며 굳어 버렸다.

엄마는 휘청거리며 포장마차를 나섰다. 나는 엄마를 부축해 걸으면서도 연신 뒤를 돌아보았다. 멀어져 가는 언덕 위에서 민주네 아줌마 홀로 포장마차를 접고 있었다. 그 모습이 얼마나 외로워 보이던지 지금도 가끔 생각이 난다, 내가 외로워질 때마다.

*

엄마가 민주네 떡볶이에서 소주를 얻어 마신 날 이후, 나는 포장마차에 가지 않았다. 겉으로 보이는 이유는 간단했다. 엄마가 몸살이 나서 집에 있었기 때문이다. 아빠는 엄마가 앓는 병이 화병이라며 혀를 찼다. 여하튼 엄마는 내 밥을 차려 줄 때 말고는 머리를 싸맨 채 안방 아랫목에 누워 일어나지 않았다. 학교가 끝나면 곧장 집으로 가서 엄마를 들여다보는 게 일과가 되었다. 엄마가 아프니 나까지 풀이 죽는 것 같아 밖에 잘 나가지도 않았다. 엄마가 매양 옆에 있으니 민주네 떡볶이도 생각나지 않았다. 끙끙 앓는 엄마 옆에서 숙제하고 동화책 읽고 텔레비전을 보다 잠이 들었다. 그렇게 일주일이 지났을까, 학교에서 돌아와 보니 엄마가 마루 문턱에 걸터앉아 있었다.

"엄마 괜찮아? 다 나았어?"

나는 반가운 눈으로 엄마의 말끔한 옷차림과 화장을 보았다.

"성희야, 장 보러 가자."

엄마는 내가 학교에서 돌아오기를 기다린 모양이었다.

신이 나서 책가방을 마루에 내던지고 엄마를 따라나섰다.

엄마는 신촌시장에서 돈가스도 사 주고 여름 양말도 사 주었다.

"와! 오늘 산 거 정말 많다."

나는 장바구니에 가득 찬 반찬거리들을 들여다보며 깡충거렸다.

"오늘 저녁은 고등어 구워 먹자."

엄마와 나는 뿌듯한 표정을 나누며 동네 어귀로 들어섰다.

그때였다. 놀이터 언덕에 떡볶이 포장마차가 눈에 들어왔다. 그런데 이상했다. 포장마차 한 대가 아니라 두 대가 나란히 서 있는 것이었다. 한 대는 당연히 민주네 떡볶이였고 나머지 한 대는 처음 보는 거였다. 두 대 모두 포장을 풀지도 않은 채 자리만 차지하고 서 있었다. 그사이에 내가 서면 꽉 들어찰 만큼 가깝게 붙어 있었다. 그 주위로 사람들이 둥그렇게 모여 있었다. 그 장면을 보는 순간 가슴이 심하게 뛰기 시작했다. 길거리에 사람들이 모여 구경하고 서 있다는 건 위험 신호다. 뭔가 좋지 않은 일이 벌어지고 있다는 뜻 말이다. 엄마와 내가 궁금함이 잔뜩 서린 얼굴로 다가서자 까맣게 모인 군중 틈 사이로 쌍욕이 날카롭게 비집고 나왔다. 나는 걸음을 멈추고 어른들 사이를 파고들었다.

"성희야! 가까이 가지 마!"

엄마가 소리를 치며 내 옷자락을 잡으려 했지만 소용없었다. 내 몸은 생쥐처럼 재빨리 엄마 손아귀에서 벗어났다.

"헉!"

나는 눈앞에 벌어진 광경에 기가 질렸다. 민주네 아줌마가 어묵 국물을 뒤집어 쓴 채 다른 아줌마와 머리채를 잡고 싸우는 중이었다. 민주네 아줌마 얼굴엔 손톱으로 할퀸 자국이 오선지처럼 위에서 아래로 길게 나 있고 뺨은 벌겋게 부풀어 올라 있었다. 마치 언젠가 미술책에서 본 탈바가지 같았다. 가뜩이나 푸석한 머리는 까치집이 저리 가라 하고 헝클어져 있었다. 셔츠는 목 아래 단추가 다 뜯겨 나가 너덜너덜했다. 먹살잡이를 하느라 늘어날 대로 늘어난 옷깃 사이로 아줌마의 속옷 끈이 훤히 보였다. 상대편 아줌마의 윗도리도 솔기가 뜯어져 옆구리 살이 보기 흉하게 삐져나와 흔들렸다. 그 비참한 장면을 보고 있자니 언젠가 엄마랑 외숙모가 수다 떨던 말이 생각났다. 여자들 싸움이 남자들의 그것보다 훨씬 더 험

악하다고, 더 무섭고 지독하다고….

"아줌마!"

나도 모르게 비명이 터져 나왔다. 내 목소리에 아줌마가 힐끗 내 쪽을 쳐다봤다. 한눈이 팔린 것이다. 맞붙잡고 싸우던 상대 아줌마는 그 틈을 노려 민주네 아줌마의 머리채를 잡고 찍어 눌렀다. 민주네 아줌마는 자신보다 몸집도 크고 팔이 긴 상대에게 눌려 허리를 수그렸다. 상대편 아줌마는 이때다 싶었는지 오른발로 민주네 아줌마의 정강이를 걷어찼다.

"악!"

민주네 아줌마는 단말마와 함께 풀썩 주저앉았다.

나는 저절로 몸이 앞으로 튕겨 나갔다. 이대로 보고 있다간 아줌마가 싸움에서 질 것 같았다. 상대방 아줌마를 뜯어말려야 한다는 생각 하나로 덤벼들었다. 하지만 아줌마를 구할 수 없었다. 구경꾼들 사이로 비집고 들어 온 엄마가 내 팔을 낚아챘기 때문이다.

"저런 거 보는 거 아니야! 집에 가자!"

순간 민주네 아줌마와 엄마의 눈이 마주쳤다. 민주네 아줌마는 길거리에서 피붙이나 만난 것처럼 번쩍하며 엄마를 쳐다보았다. 찰나의 순간이었지만 난 분명히 알아차릴 수 있었다. 싸움에서 위태롭게 밀리고 있던 민주네 아줌마는 엄마와 내가 반가웠던 것이다. 무정한 구경꾼들 사이에서 자기편을 들어 줄 친구를 발견한 심정이 순식간에 표정으로 떠올랐다. 하지만 엄마는 얼른 아줌마 눈길을 피하고 고개를 돌려 버렸다.

"엄마, 저러다 아줌마 큰일 나겠어! 어? 어?"

"아유, 애가 왜 이래. 그만 가자니까!"

"엄마가 좀 말려 봐, 응. 엄마 아줌마랑 친하잖아."

"애가 뭐라는 거야! 내가 저런 상스러운 여자를 어떻게 알아!"

아, 난 하늘에 맹세코 민주네 아줌마가 엄마의 이 말을 들었을 거라고 믿는다. 그래서 그렇게 상대편 아줌마가 먼지떨이 흔들듯 아줌마의 머리채를 쥐고 흔드는데도 멍한 얼굴로 우리를 보고 있었을 거다. 나는 엄마에게 질질 끌려 나오면서도 멀어지는 우리를 원망스럽게 쳐다보고 있는 아줌마에게서 눈을 뗄 수가 없었다.

집으로 돌아온 우리는 누가 먼저랄 것도 없이 냉장고에서 찬 보리차를 꺼내 마셨다. 엄마와 나는 싸운 적도 없건만 둘 다 얼굴이 벌겋게 상기되어 물만 벌컥벌컥 마셔 댔다.

엄마는 물 한 컵을 단숨에 들이켜고 휴, 하고 한숨을 돌렸다.

"세상이 왜 이러냐. 오나가나 싸움박질이고."

엄마는 부엌 바닥에 털썩 주저앉으며 고개를 내둘렀다.

나는 엄마 앞에 섰다.

"엄마 왜 그래?"

"뭘?"

"왜 아줌마 모른 척해?"

엄마 힘들 때 친구 해 준 사람이잖아, 하는 말이 목구멍 안에 꽉 찼다.

엄마는 입꼬리를 비틀며 고개를 저었다.

"그럼 나보고 그 싸움에 뛰어들어 머리채라도 잡히란 말이니? 거기 교회 코앞이야!"

나는 말문이 막혔다. 난생 처음 엄마가 남처럼 멀게 느껴졌다. 방으로 돌아와 문을 잠그고 쪼그리고 앉았다. 세운 무릎 사이로 얼굴을 묻었다. 그러고 있자니 민주네 아줌마가 걱정이 되어 미칠 지경이었다. 열세가 분명한 싸움에서 아무도 도와주는 사람이 없으니 자칫하다 맞아 죽는 게 아닐까 하는 생각에 겁이 더럭 났다. 나는 어떻게 하면 다시 집에서 빠져 나가 언덕배기로 가 볼 수 있을까 궁리했다. 그러나 엄마는 이런 내 속까지 훤히 꿰뚫고 있었다.

"쓸데없는 생각 말고 숙제해. 오늘 저녁엔 외출 금지야."

엄마의 경고가 방문을 뚫고 내 귀에 꽂혔다.

나는 하는 수 없이 책상 앞에 앉았지만 교과서가 눈에 들어올 리 없었다. 짚불에 타는 구렁이처럼 온몸을 배배 틀면서 도망 나갈 기회만 노렸다. 마루 쪽으로 귀를 크게 열어 두었다. 엄마는 부엌에 들어가 장 봐 온 반찬거리를 갈무리하고 있었다. 부엌과 내 방은 서로 마주 보게 되어 있어 내가 기침만 해도 엄마 귀에 훤히 들렸다.

'어떡하지?'

내가 안절부절못하는데 안방에서 전화벨이 울렸다. 엄마가 부리나케 안방으로 달려가 전화를 받았다.

"네. 네. 아니, 또요? 당신은 지금 어디 있는데요?"

말소리를 들어 봐서는 아빠인 듯했다.

나는 엄마가 아빠와 통화하느라 정신을 빼는 틈을 타 살금살금 집을 빠져나왔다.

대문을 나서자마자 꺾어 신었던 운동화를 바로 신고 달리기 시작했다.

"어? 다들 어디 갔지?"

언덕은 텅 비어 있었다. 포장마차 두 대도 연기처럼 사라져 보이지 않았다. 민주네 아줌마도 상대편 아줌마도 구경꾼들도 흔적이 없었다. 나는 놀이터로 들어가 아이들에게 물었다.

"아까 경찰 아저씨들이 와서 아줌마 둘 다 데리고 갔어."

"맞아. 누가 신고했나 봐."

나는 아이들 대답에 놀이터 옆 파출소를 가리켰다.

한 아이가 고개를 갸우뚱했다.

"저긴가?"

다른 아이가 손을 내저었다.

"아니야. 두 사람 다 경찰차 타고 갔어. 그러니까 더 멀리 갔을 거야."

나는 힘없이 돌아섰다. 이미 싸움은 끝났고 내가 어찌해 볼 사이도 없이 민주네 아줌마는 경찰한테 붙들려 갔다. 그럼 포장마차도 같이 가져간 걸까? 나는 한동안 잊고 살았던 불량식품 일제 단속령이 불쑥 떠올랐다. 불안한 예감이 엄습했다. 집 쪽으로 발길을 돌렸다. 막 동네 골목으로 들어서는데 저쪽에서 엄마가 헐레벌떡 뛰어오고 있었다. 순간 오금이 저렸다.

"엄마, 잘못했어. 난 민주네 아줌마 어떻게 되었는지만 보고 오려고…."

내가 막 변명을 늘어놓는데 엄마가 내 손목을 덥석 잡았다.

"빨리 가자."

나는 엉겁결에 엄마에게 이끌려 뛰기 시작했다. 무슨 영문인지 도통 알 수 없었지만 일단 뛰란 대로 뛰었다. 큰길가에서 택시를 잡아탄 엄마가 다급하게 말했다.

"마포경찰서요!"

나는 순간 엄마가 민주네 아줌마를 보러 가기 위해 택시를 탔나, 하고 생각했다. 그러나 어리석은 짐작일 뿐이었다.

"내가 이 녀석 때문에 못 살아! 성희야! 네 막내 삼촌 이번에 구속되면 끝이란다!"

엄마는 타들어 가는 목소리로 쥐어짜듯 말했다.

"왜? 삼촌이 뭘 잘못했는데?"

나는 너무 놀라 엄마 팔을 잡아당겼다.

"이번에는 네 아빠도 손을 쓸 수가 없는 모양이야. 하기야 한두 번이래야 빽을 쓰고 각서를 쓰고 하지."

엄마는 몸을 뒤치며 화를 냈다. 앞에서 운전하던 택시 기사가 백미러를 통해 우리를 힐끗거렸다. 거울을 통해 운전사와 눈이 마주친 엄마가 얼른 입을 닫아 버렸다.

경찰서 안은 경찰과 형사, 데모하다 붙들려 온 학생들과 그 가족들로 북새통을 이루고 있었다. 고함 소리와 구호 소리가 사방에서 울리고 매캐한 최루탄 냄새가 사람들 옷에서 풀썩풀썩 일어났다. 나는 눈과 귀가 따가워 정신이 나갈 지경이었다.

엄마는 나를 챙길 겨를도 없이 외삼촌을 수소문하느라 이리저리 뛰어다녔다. 나는 엄마를 잃어버릴까 봐 사색이 되어 쫓아다니다 문득 걸음을 멈추었다.

'미아가 되어도 상관없잖아. 어차피 경찰서 안이니까.'

나는 난리 통 같은 경찰서 안을 천천히 구경하며 돌아다니기 시작했다. 동호 삼촌 덕분에 경찰서도 벌써 두 번째 방문이다. 게다가 불량식품 애호가이긴 하지만 그럭저럭 착한 어린이 축에 끼는 나는 경찰서가 무섭지 않았다.

"아이고, 형사님! 한 번만 어떻게 안 될까요?"

내가 철창문을 밀고 들어간 커다란 사무실 한쪽에서 엄마 목소리가 들렸다. 형사 책상 앞에 수갑을 차고 앉은 동호 삼촌이 보였다. 나는 삼촌 손목에서 반짝거리는 수갑을 보고 놀랐다. TV 연속극 〈수사반장〉에서나 보던 물건을 실제로 보니 신기하기도 하고 겁도 났다.

"아줌마는 나가 있어요! 지금 이게 눈물 콧물 짠다고 될 일인 줄 알아!"

형사는 엄마를 윽박지르고 동호 삼촌을 겨누어 보았다.

"미 대사관 점거 계획은 주동이 누구야!"

삼촌은 묵묵부답 말이 없었다.

"이거 순 악질이네. 너 남산 구경해야 정신 차리지!"

그 말에 엄마가 펄쩍 뛰더니 삼촌 어깨를 쥐고 흔들었다.

"동호야, 너는 아니지. 너는 선배들 꾐에 빠져서 휩쓸려 다닌 게 다잖아. 빨리 말씀드려. 그게 다라고!"

형사가 엄마를 향해 일갈을 했다.

"아줌마는 나가 있으라는데 뭐하는 거예요! 당신도 공무 집행 방해로 유치장에 들어가고 싶어?"

엄마가 다시 말했다.

"우리 애 아빠가 ○○신문 정치부에 있어요. 금방 온다고 했으니…."

"신문기자가 뭐! 어쩌라고!"

형사는 눈 하나 깜짝하지 않았다. 엄마는 물러 나와 경찰서 로비에 있는 공중전화로 달려갔다. 내가 철창으로 된 문가에 서서 구경하는 것도 보지 못한 거 같았다.

"어디예요? 왜 아직 안 와! 이러다 동호 안기부에 끌려가게 생겼어. 빨리 좀 와요!"

엄마는 전화를 끊고 옆에 있는 나무 의자에 털썩 앉았다. 나도 엄마 옆에 앉았다.

"어? 성희 너 어디 있었어. 혼자 돌아다니지 말고 엄마 옆에 꼭 붙어 있어, 응? 아빠 곧 오신대."

엄마는 넋이 반은 나간 사람 같았다.

한 시간이 채 지나지 않아 아빠가 경찰서 로비로 들어섰다.

나는 반가운 마음에 아빠, 하고 알은체했지만 아빠는 굳은 얼굴로 철창 문 안으로 곧장 들어갔다. 엄마는 내 손을 꼭 잡고 아빠를 따라 들어갔다. 그런데 아빠는 또 곧장 서장실이라고 쓰여 있는 방으로 들어갔다. 엄마와 나는 문가에 서서 아빠가 나오기만을 기다렸다. 좀 있자 나이 지긋해 보이는 서장과 아빠가 나란히 나왔다. 아빠가 서장과 악수를 하고는 곧바로 아까 엄마에게 소리 지르던 형사에게 다가갔다. 서장이 형사에게 뭐라고 말을 건넸다.

"지금 유치장에 넣어 놨는데요."

형사는 뜨악하게 대답하고는 아빠를 데리고 감옥처럼 생긴 방 앞으로 갔다.

"최동호, 나와!"

형사가 삼촌 이름을 부르자 구석에 앉아 있던 삼촌과 삼촌 옆에 꼭 붙어 앉아 있던 오빠가 고개를 쳐들었다. 오빠는 낯선 얼굴이었는데 고등학생 정도 되어 보였다. 삼촌은 아빠를 확인하고는 무슨 일인지 알겠다는 듯 입술을 깨물었다.

"저 혼자 나가지 않겠습니다."

삼촌은 뒤에 선 고등학생을 가리켰다.

"이 학생 먼저 풀어 주세요. 이번 시위와는 전혀 상관없는 야간 고등학교 재학생입니다."

형사가 혀를 찼다.

"어이 최동호! 지금 배짱부릴 때가 아닐 텐데. 잔말 말고 봐줄 때 빨리 움직여."

하지만 삼촌은 눈 하나 깜짝하지 않고 고등학생 앞에 버티고 섰다.

"선생님 먼저 나가세요. 전 괜찮아요."

뒤에 서 있던 고등학생이 동호 삼촌에게 말했다.

"안 돼. 기호 널 두고 나 혼자 어떻게…."

두 사람 사이에 실랑이가 벌어지려고 하는데 형사가 비아냥거렸다.

"잘들 논다. 빨갱이 새끼들 주제에."

그 소리에 동호 삼촌이 "뭐요!" 하고 고함을 질렀다. 그러자 엄마가 쨍하고 소리쳤다.

"야! 최동호! 야, 이놈아! 너 죽고 나 죽자. 내가 나중에 부모님 얼굴을 어떻게 보니!"

엄마는 이성을 잃은 사람처럼 쇠창살로 달려들어 동호 삼촌의 멱살을 잡아채려 했다. 동호 삼촌은 누나가 하는 대로 그저 가만히 서 있을 뿐이었다. 엄마에게 멱살을 잡힌 동호 삼촌이 쇠창살에 부딪히며 이리저리 휘청거리는데 뒤에서 부르는 소리가 들렸다.

"기호야!"

뒤를 돌아보니 뜻밖에도 민주네 아줌마가 서 있었다. 아줌마는
아까 낮에 싸운 옷차림 그대로 엉망인 채로 우리 모두를 보았다.

"엄마!"

고등학생은 쇠창살에 달라붙어 민주네 아줌마에게 손을 내밀었
다. 민주네 아줌마는 얼른 아들의 손을 맞잡았다.

"어떻게 된 거예요?"

"난 불량식품 일제 단속에 걸려서 왔는데 너야말로 왜 거기 들
어가 있어?"

"아침에 말씀드렸잖아요. 오늘 공장 하루 쉬는 날이라 야학 선
생님 따라서 대학 구경 간다고요. 연대 캠퍼스 구경 갔다가 데모하
는 데 휩쓸렸어요."

아줌마 눈이 커다래졌다.

"너도 데모를 했단 말이야?"

"아니요. 전 선생님이랑 왜 대학생들이 데모를 하게 되었는가에
대해서 토의하고 있었거든요. 그런데 캠퍼스 내로 진입한 전경들
이 우리를 보더니 다짜고짜 끌어내서 닭장차에 실어 버렸어요."

두 모자가 서로를 안타까운 눈길로 바라보는데 형사가 끼어들
었다.

"어이, 아줌마. 아줌마는 저쪽 여자 방으로 들어가 있어. 당신 아

들인가 뭔가 하는 학생은 아직 조사 시작도 안 했으니까."

기호 학생이 동호 삼촌을 바라보며 빙그레 웃었다.

"선생님, 저 진짜 여기 있어야겠어요. 어머니 모시고 나가야 해서요."

난 그때 이후, 그 어떤 고등학생 얼굴에서도 그런 듬직한 책임감과 침착함을 다시 발견한 적이 없다. 겨우 나보다 너덧 살밖에 많지 않은 기호란 학생은 민주네 아줌마 말대로 이미 어른이었다.

동호 삼촌이 유치장 밖으로 나왔다. 우리는 삼촌을 데리고 경찰서를 나왔다.

난 지금도 기억이 생생하다. 그때, 민주네 아줌마는 나와 엄마를 알아보았다. 동호 삼촌에게 아이고, 선생님 하며 학부모 티가 나는 인사를 건넬 때는 심지어 곁에 선 엄마와 눈이 마주치기도 했다. 하지만 민주네 아줌마는 우리를 모른 체했다. 몇 시간 전, 놀이터 언덕에서 우리가 아줌마를 모른 체했던 것처럼 말이다.

그날, 삼촌의 마음을 돌이켜 놓은 사람은 다름 아닌 큰 외숙모였다. 아니, 외숙모라고 믿었다. 내가 대학에 들어갈 때까지 말이다.

"오늘 일로 형님 이사님 방에 불려갔다 왔어요."

외삼촌 곁에 앉은 외숙모가 동호 삼촌을 향해 찌르듯 물었다.

"서방님, 형님 잘못되면 우리 애들 책임질 거예요? 데모질해서 애들 키울 수 있어요?"

이튿날, 나는 민주네 떡볶이가 있던 자리로 가 보았다. 여전히 포장마차는 없었다. 그다음 날도, 또 그다음 날도 포장마차는 돌아오지 않았다. 나는 언덕배기에 서서 눈가에 시퍼렇게 멍이 든 채로 유치장 안에서 날 바라보던 아줌마의 얼굴을 떠올렸다.

한 달이 그렇게 흘러갔다. 동호 삼촌은 교환학생으로 미국으로 떠나게 되었다.

"거기서 공부해 보고 마음에 맞으면 아예 정식으로 학위 밟든지 하자."

큰 외삼촌이 동호 삼촌의 어깨에 손을 얹으며 말했다. 곁에 서 있던 아빠도 거들었다.

"당분간 국내는 좀 시끄러울 테니 그것도 좋은 방법이지 싶네."

동호 삼촌은 이렇다 저렇다 대답도 없이 굳은 표정으로 출국장 문 안으로 사라졌다. 동호 삼촌이 한국으로 돌아온 건 그로부터 15년이 지난 후였다. 삼촌은 미국 대학에서 석사 학위까지 딴 후 같은 학교 동창인 미국 여자와 결혼했다. 결혼 후 미국 법률 자문 회사에 취직해 미국 사람으로 살았다. 큰 외삼촌 환갑을 기념해서 잠시 다니러 간 게 15년 만의 귀국이었다. 그때 동호 삼촌 얼굴에는 더 이상 멋들어진 미소는 사라지고 없었다.

다시 1985년으로 돌아가, 삼촌을 배웅하러 김포공항에 나갔다 돌아오는 길이었다. 버스에서 내려서 동네로 들어오는데 저만치 놀이터 옆에 포장마차가 보였다. 확인할 필요는 없었다. 멀리서 봐도 민주네 떡볶이였다. 나는 반가운 마음에 두 눈이 커다래졌지만 그뿐이었다. 포장마차로 다가갈 엄두조차 나지 않았다. 아니, 엄두라는 표현보다는 염치라는 말이 더 정확한 단어이리라. 엄마 아빠도 그 앞을 지나가면서도 한마디 내색이 없었다.

내 기억에 그 후로 한 번도 민주네에서 떡볶이를 사 먹은 적이 없었다. 떡볶이가 먹고 싶으면 학교 뒷담에 있는 포장마차에서 사 먹었다. 물론 맛은 민주네를 따라갈 수 없었다.

엄마는 여전히 열쇠도 주지 않은 채 나다녔지만 상관없었다. 중학교 진학을 위해 옆 동네에 있는 과외 학원에 다니기 시작했기 때문이다. 학원을 마치고 집에 돌아오면 엄마는 부엌에서 저녁을 짓고 있었다.

민주네 떡볶이는 그 후 4년을 더 그 자리에서 장사를 하고는 홀연히 없어졌다. 소문에는 돈을 벌어 동대문시장 어디에 분식집을 차렸다는 얘기도 있고, 다른 동네로 포장마차를 옮겼다는 소리도 들렸다. 큰아들이 돈 잘 벌어서 집에서 살림만 하게 되었다는 풍문도 있었지만 내가 생각하기에 민주네 아줌마는 일을 쉴 사람이 아니었다. 지금도 서울 어느 동네에서 분식집이든 포장마차든 떡볶이를 만들어 팔고 있을 것만 같다. 요즘에야 포크로 찍어 먹을 수 있는 50원어치는 안 팔겠지만 말이다.

반반 무 많이!

진우는 엄마와 함께 명동 길로 접어들었다. 엄마는 오래간만에 시내 나들이라 한껏 멋을 냈다. 아버지가 지난겨울 일본으로 연수 갔을 때 사 온 진주 목걸이가 블라우스 주름 깃 사이로 우아하게 흔들렸다. 악어가죽으로 된 봄 구두와 핸드백은 백화점에서 세트로 맞춘 것이다. 진우는 마흔이 훨씬 넘은 엄마가 길거리의 여느 젊은 여자보다 세련되고 아름답다는 사실이 내심 뿌듯했다.

"엄마, 영양센터가 사보이호텔 바로 옆에 있지 않아?"

진우가 살짝 들뜬 목소리로 물었다.

"저기 저쪽으로 꺾어 들어가면 바로야."

엄마가 손을 들어 사람들 사이로 보였다 말았다 하는 오른쪽 골목을 가리켰다. 지금 이 모자(母子)는 서로 다 아는 얘기를 일부러 하는 중이다. 명동에 있는 전기 구이 통닭집인 영양센터는 진우네

가족의 단골 외식 코스였다. 진우는 어릴 적부터 통닭이나 치킨을 무척 좋아했다. 런던에 유학 중인 진영이, 그러니까 진우의 하나밖에 없는 누이는 이렇게 말하곤 했다.

"진우가 지금껏 먹은 치킨만 해도 백 마리는 넘을 걸."

생일에도 치킨, 운동회 날에도 치킨, 어린이날에도 치킨, 크리스마스에도 진우는 치킨이었다. 아빠는 월급날이나 특별 보너스가 있는 날이면 또 어김없이 치킨을 사 들고 퇴근했다. 아빠가 무슨 때마다 치킨을 사 들고 들어와 진우의 입맛을 길들인 건지, 진우가 원래부터 치킨을 좋아해 아버지가 그리도 사다 날랐는지는 닭이 먼저인지 달걀이 먼저인지가 가려지면 저절로 판명될 일이었다.

"네 아빠가 벌써 도착하진 않았겠지?"

엄마는 손목에서 반짝이는 금장 시계를 들여다보며 발걸음을 빨리했다.

"에이, 아직 여섯 시밖에 안 되었는데 벌써 퇴근했다고? 우리가 먼저 가서 자리 잡고 있으면 오시겠지. 항상 그랬잖아요."

진우가 영양센터 유리문을 밀며 대답했다. 통닭집은 명성에 걸맞게 이른 저녁 시간인데도 손님들로 꽉 차 있었다. 여기서 10, 20분만 더 늦게 오면 자리 나기를 기다리며 대기 줄 끄트머리에 서 있을 판이었다. 진우와 엄마는 사장님이 안내하는 대로 맨 안쪽 구석 자리에 가 앉았다. 엄마가 메뉴판을 들여다보며 중얼거렸다.

"삼계탕은 좀 시간 걸리니까…."

엄마는 종업원이 다가오자 능숙하게 주문을 했다.

"삼계탕 하나랑 통닭 큰 걸로 한 마리, 그리고 나머지는 일행이 마저 오면 시킬게요."

싹싹한 종업원이 네, 대답하고 물러갔다.

진우는 곧 나올 통닭을 떠올리자 입안에 군침이 가득 고였다. 기름기가 쏙 빠진 쫀득쫀득한 닭다리를 한 입 베어 물면 세상에 부러울 것이 없었다. 통닭이 나오기 전 미리 준비되는 초절임 무와 양배추 샐러드도 입맛을 돋우는 반찬들이다.

"엄마, 나 오늘 대(大) 자 한 마리 혼자 먹을 거야."

진우가 침을 꿀꺽 삼키며 선전포고하듯 말했다.

"어이구, 누가 치킨 귀신 아니랄까 봐. 그래. 이따 아빠 오시면 닭이랑 생맥주랑 새로 시켜드릴 테니까 맘껏 먹어."

진우가 엄마를 향해 헤, 바보 같은 웃음을 지었다. 엄마는 아들의 속없는 웃음을 보더니 콕 찔러 말했다.

"너 그 대신 올해 공부 열심히 해서 꼭 좋은 대학 들어가야 한다! 약속!"

사실 엄마는 고3 수험생 아들이 다섯 살짜리 유치원생처럼 귀여웠다. 하나밖에 없는 아들에다 둘째이자 막내다. 안 예쁠 수가 없다. 하지만 내색하지 않으려 일부러 엄한 표정을 지었다.

진우가 테이블에 놓이는 통닭을 내려다보며 큰소리쳤다.

"대학은 걱정 붙들어 매시라니까요. 내가 못 가도 연·고대는 간다!"

엄마는 눈을 흘기며 콧방귀를 뀌었다.

"하여튼 제 아빠를 닮아서 말은 청산유수지. 등수 좀 나온다고
긴장 늦추면 안 돼."

진우는 엄마 앞에 놓이는 삼계탕 뚝배기 그릇을 힐끗 건너다보
며 닭다리 한쪽을 푸욱 뜯었다. 진우가 막 한 입 크게 무는데 입구
쪽에서 소리가 들렸다.

"진우야!"

"아빠!"

양복을 깔끔하게 차려입은 아빠는 훤칠한 키에 점잖은 풍모를
지녔다. 진우는 아빠를 밖에서 볼 때마다 드는 기분이 있었다.

'집에서는 모르겠는데 밖에서 만나면 우리 아빠 완전 딴사람 같
아. 멋있거든.'

집에서는 파자마 바람으로 엄마 잔소리를 피해 다니느라 안방과
거실을 어슬렁거리는 아빠다. 그러나 밖에서는 다르다. 종합금융회
사 중에서도 잘나가는 ○○종금에서 부장으로 일하는 중견 은행원
이다. 진우는 실력과 품격을 고루 갖춘 아빠가 자랑스러웠다.

'나도 이다음에 대학 졸업하고 은행원 돼서 예쁜 여자 친구랑
결혼도 하고….'

아들 낳고 딸 낳고 너른 아파트에서 살면서 강아지도 한 마리
키우고, 말 그대로 아빠처럼만 살면 된다고 믿는 진우였다.

"이 녀석! 아빠 오지도 않았는데 닭다리 먼저 뜯는 놈이 어디 있냐!"

아빠가 진우 옆에 앉으며 농담 섞인 꾸지람을 했다. 진우가 얼른 닭다리를 아빠 코앞으로 내밀었다.

"무슨 그런 섭섭한 말씀을 하십니까. 아버지 오시는 걸 제가 딱 알고 이렇게 다리 먼저 뜯어 놓고 기다렸는데."

진우가 짓궂은 표정으로 느물거리자 엄마와 아빠는 서로를 보며 웃었다. 아빠 앞에 곧 통닭 한 마리와 생맥주 잔이 놓였다. 세 식구는 각자 닭을 해치우느라 잠시 말을 잊었다. 삼계탕 국물을 떠먹던 엄마가 고개를 들었다.

"여보, 진영이 말이에요. 다음 달에 돈을 좀 더 부쳐 줘야 할 거 같아요."

맥주잔을 입으로 가져가던 아빠가 멈칫했다.

"얼마나?"

"한 천오백 파운드는 더 보내야 할 거 같아. 다음 달에 졸업 전시를 하는데 갤러리 대여 비용이 좀 나오나 봐요."

아빠가 입을 떡 벌렸다.

"천오백 파운드나? 졸업 전시면 학교에서 하는 거 아니야?"

"학교 전시실에서 하는 거는 벌써 끝났고. 지도 교수가 몇몇 졸업생 추려서 런던 시내에 있는 유명한 갤러리에서 그룹전 열기로 했나 봐요. 뭐 진영이 말로는 저만 유일하게 동양인 학생이래. 거기 미술계도 텃세가 심한데 진영이 그림이 지도 교수한테 인정받는다나. 그 교수가 세계적으로 유명한 예술가잖아."

아빠는 마지못해 고개를 끄덕였다. 아빠에게는 교수가 유명한 예술가라고 해 봐야 몇 번을 들어도 이름도 안 외워지는 서양인일 뿐이었다.

"또 알아요? 우리 딸이 뉴욕 소호 거리에서 최고가로 팔리는 화가가 될지? 딸의 빛나는 장래에 투자한다고 생각해요. 당신 하는 일이 장래성 있는 기업에 돈 빌려주는 거잖아."

누나의 장래가 빛날지 장담할 수는 없지만 누나 얘기를 할 때 엄마 얼굴은 확실히 빛이 났다. 엄마가 못다 이룬 꿈을 딸이 대신 이뤄 주는 대견함과 뿌듯함이 분명했다. 엄마도 미술대학을 졸업했지만 화가로 데뷔하기도 전에 아빠를 만나 결혼했다. 결혼 후에는 살림과 육아에만 매진하며 집안을 꾸려 온 엄마였다. 그래서일까? 누나가 영국으로 유학을 떠난다고 했을 때 아빠의 허락을 받아 내는 데 애를 쓴 사람도 엄마였다. 아빠가 미간을 살짝 좁혔다.

"요즘 환율이 오락가락해서…, 당신 파운드로 바꿀 여윳돈 있어?"

"내가 꿍쳐 놓은 돈이 있으면 뭣 하러 당신한테 얘기하겠어요? 기본으로 보내 주는 거 맞추는 데도 얼마나 빠듯한데."

엄마는 초절임 무를 하나 입에 넣고 아작아작 씹었다. 아빠뿐 아니라 진우조차 지금 엄마가 하려는 말이 무언지 그 모습만으로도 충분히 짐작했다. 아빠가 한숨을 기다랗게 뽑았다.

"회사에서 무이자로 내주는 자녀 학자금 대출은 이미 받아 놓을 만큼 받아서 더는 안 돼. 급한 거면 여름 휴가비 미리 당겨서 처리하는 수밖엔 없을 거 같은데."

아빠가 속셈을 하느라 고개를 이리저리 갸웃거리자 엄마가 가자미눈을 떴다.

"여름에 에어컨 새로 장만할 건데 보너스에 손대면 어떡해요? 그거 말고 당신 거래하는 기업에서….."

엄마는 여기까지 말하다 입을 다물고 진우 눈치를 슬쩍 보았다. 진우는 엄마 말뜻이 뭔지 훤히 알고 있었지만 짐짓 모른 척 통닭만 열심히 뜯었다. 어른들 얘기에 끼어들거나 아는 척해서 좋을 건 하나도 없다는 진리는 수차례의 경험을 통해 익히 알고 있기 때문이었다.

아빠가 스읍, 하고 혀를 찼다.

"이 사람이! 목소리 낮춰! 여기 회사 바로 앞이라 누가 어디 앉아 있을지도 모르는데. 그리고 그런 돈이 어디 당신 말처럼 쉬운 건지 알아? 아무리 집에서 살림만 하는 여자라지만 밖에서 목 내놓고 일하는 남편 사정을 이렇게 몰라서야."

아빠가 엄한 표정을 짓자 엄마는 얼른 눈을 내리깔았다. 엄마는 아빠의 심기가 조금이라도 언짢아지면 금세 꼬리를 내렸다. 진우는 엄마가 아빠보다 일곱 살이나 적어서 그런 건가 하는 생각을 한 적도 있었다. 아빠는 엄마가 풀 죽은 모습을 보이자 한숨을 푹 내쉬었다.

"휴, 무슨 말인지 알았으니까 송금 날짜나 알려 줘. 내 어떻게 해 볼게."

아빠는 결국 엄마의 부탁을 들어주기로 한 모양이었다. 그러고 보면 엄마의 저 꼬리 내리기는 순종적인 아내의 버릇이라기보다 는 고도의 전략이 아닐까 싶었다.

"아빠 우리 동네에 치킨집 새로 생긴 거 아시죠?"

진우는 어색한 분위기를 반전시키려고 일부러 다른 말을 꺼냈다.

"어, 그래?"

아빠는 파운드로 바꿔야 할 긴급 자금을 궁리하느라 건성으로 대답했다.

"응, 연희영양센터라고 호프집 같은데 치킨도 배달한대요."

진우 말에 엄마가 대신 대꾸했다.

"가까운 데 생겼으니까 이제는 배달 시켜도 뜨거운 거 오겠다."

엄마는 배달된 치킨이 눅눅하게 식은 걸 제일 돈 아까워했다.

"너 이 녀석, 치킨 타령 그만하고. 공부는 잘돼 가니? 너 올해 공 부 열심히 해서…."

아빠는 아까 엄마가 한 말에서 토씨 하나 틀리지 않고 똑같은 잔 소리를 하려 했다. 진우는 얼른 치킨 무를 집어 아빠 입에 넣었다.

"아빠, 나 닭 반 마리만 추가해 주세요!"

"녀석 딴소리는. 그래, 이 집 오래간만에 왔으니까 실컷 먹고 가자."

아빠가 진우의 머리를 쓰다듬으며 종업원을 불렀다. 친절하고 싹싹한 종업원이 소프라노 톤으로 예, 하며 달음질쳐 왔다. 그렇게 또 행복한 하루가 저물고 있었다.

*

현식이 비닐봉지 두 개를 양손에 들고 가게 문을 나서는데 주방에서 아버지가 고개를 내밀었다.

"삼백삼십이 다시 십칠 번지 먼저다! 시장통 전파상은 반반이 아니고 프라이드니까 봉투 헷갈리지 말고 순서대로 다녀 와."

현식은 대답 대신 오른팔을 번쩍 들었다. 프라이드 한 마리가 든 봉투였다. 현식 아버지가 치킨집을 낸 지 벌써 두 달이 다 되었다. 건설업계에서 20년 가까이 일하던 회사원이 하루아침에 치킨집 사장이 된 것은 형과 아들 덕분이었다. 치킨집 자리는 원래 현식 큰아버지와 큰어머니가 하던 가게였다. '연희슈퍼'라는 간판이 햇볕과 바람에 허옇게 바래도록 두 내외는 한자리를 지키며 장사를 했다. 동네 사람들은 연희슈퍼가 문을 닫고 '연희영양센터'가 된다는 소식에 무척 서운해했다. 하지만 어쩔 수 없는 일이었다. 동네 앞 큰길가에 큰 슈퍼마켓이 들어오고 나서부터 연희슈퍼의

매상은 3분의 1로 뚝 떨어졌다. 때마침 현식 아버지가 다니던 건설 회사가 부도가 나 버렸다. 대기업 계열사라던 회사가 하루아침에 망하자 아버지는 망연자실했다. 연거푸 목덜미를 내리치는 충격 때문이었다. 아버지는 좀처럼 기운을 차리지 못했다. 1년 전 긴 투병 생활 끝에 빚만 잔뜩 남기고 간 아내의 죽음이 첫 번째 충격이었다. 사실 아버지는 2년 전 엄마의 병원비를 마련하기 위해 15년이 넘게 다니던 건설사에서 퇴직을 했다. 엄마는 아버지의 퇴직금으로 큰 수술을 받고 요양원에 들어갈 수 있었다. 그러나 모든 게 헛수고였다. 엄마는 병마와 싸우다 결국 눈을 감고 말았다. 그 사이 아버지가 새로 취직한 두 번째 회사가 부도가 난 것이다. 재취업을 한 지 채 1년도 되지 않은 시점이었다. 당연히 퇴직금 따위는 없었다. 아버지는 직장도 없이 은행 빚만 잔뜩 진 채 실업자가 되었다. 아버지는 안방구석에 구부리고 앉아 담배만 피웠다. 현식 할머니와 고모, 큰아버지 큰어머니까지 번갈아 찾아와 걱정을 늘어놓았다. 아버지는 초점 없는 멍한 눈으로 잔소리를 해 대는 식구들을 바라보기만 했다.

현식은 그런 아버지를 어떡하든 돕고 싶었지만 도리가 없었다. 겨우 고등학교 2학년 학생이었다. 엄마의 죽음과 아버지의 실직을 감당하기엔 너무 이른 나이였다. 현식 큰아버지는 이런 동생과 조카를 보다 못해 묘안을 하나 냈다.

"어차피 큰길 슈퍼마켓 때문에 장사도 안 되고. 그렇다고 다 늙은 우리 내외가 업종을 바꿔서 도전한다는 것도 겁이 나고. 우리는 그만 시골로 내려가 어머니 모시고 살 테니 네가 가게를 맡아서 해 볼래?"

현식은 거실 소파에 앉아 안방 쪽으로 귀를 쫑긋 세웠다.

"이 집 전세금 빼서 급한 대출 막고 현식이랑 가게 뒷방에서 먹고 자고 장사하면 되지 않겠니. 형제 사이에 보증금이니 권리금이니 받을 생각 없으니까 부지런히 일해서 월세나 보내라."

담배 연기가 자욱하게 들어찬 방에서 힘없는 아버지 대답이 들렸다.

"슈퍼마켓이 안 되면 업종을 바꿔야 할 텐데 제가 뭘 알아야죠."

아버지는 평생 상가 빌딩 혹은 다세대 건물만 올리던 건축사가 무슨 장사를 하겠냐며 주춤거렸다. 큰아버지의 역정이 터져 나왔다.

"야, 이 녀석아! 언제까지 넋 놓고 벽만 쳐다보고 앉아 있을래. 거실에 우두커니 앉아 너만 바라보는 현식이 생각 안 해? 애 대학도 보내고 결혼도 시켜야 할 거 아니야!"

큰아버지 호통 끝으로 아버지의 꺽꺽대는 울음소리가 이어졌다. 혹시라도 거실에 있는 현식과 큰어머니 귀에 들릴세라 꾹꾹 눌러 가며 흐느끼는 모양이었다. 현식은 입술을 깨물고 앉아 있다 벌떡 일어섰다. 그리고 안방 문을 열어젖히고 이렇게 말했다.

"아버지, 우리 치킨집 해요. 이 동네 아직 치킨집 한 군데도 없어."

너구리 굴 같은 방에 마주 앉아 있던 형제가 동시에 고개를 들었다. 방문 앞에 선 현식을 올려다보던 큰아버지가 무릎을 탁 쳤다.

"맞다, 왜 그 생각을 못 했지? 아들이 아비보다 낫다!"

이튿날부터 아버지는 치킨집 장사에 대해 알아본다며 외출을 시작했다. 마치 현식의 한마디가 아버지를 최면에서 깨우는 주문 같았다. 현식은 치킨집을 하게 되든 말든 우선 아버지가 기운을 차리는 모습이 보기 좋았다. 아버지는 치킨집 아르바이트를 하며 닭 튀기는 법을 배우기도 했다. 그리고 한 달 후, 연희슈퍼는 연희영양센터로 간판을 바꿔 달았다. 오래된 식료품 가게가 치킨과 생맥주를 파는 음식점으로 환골탈태하자 평소 슈퍼를 드나들던 동네 사람들이 개업 축하로 치킨을 사 갔다. 모두 큰아버지와 큰어머니가 인심을 얻어 놓은 덕분이었다. 아버지는 신이 나서 장사에 집중했다. 새벽 6시에 일어나 시장에 다녀오는 일을 시작으로 자정까지 영업을 했다. 곁에서 봐도 마지막 기회를 잡은 사람의 간절함이 느껴졌다. 현식은 조금씩 마음이 놓였다. 뭐든 돕고 싶다는 생각이 물씬물씬 피어올랐다. 어느 날 현식은 새벽 1시 넘어 방으로 들어오는 아버지에게 말했다.

"나 내일부터 학교 끝나고 배달 일 할게요."

아버지는 단칼에 거절했다.

"쓸데없는 소리 말고 공부나 열심히 해. 너 이제 수험생이야."

"하루에 몇 번 안 되는 배달 때문에 아르바이트 쓰는 것도 그렇고, 아버지가 닭 튀기다 말고 배달 간다며 뛰어나가는 모습도 손님들 보기에 좋지 않아요."

현식이 제법 어른스럽게 상황을 진단했다. 아버지는 뭐라고 대꾸를 하려다 입맛을 다셨다.

"그럼 네 공부에 방해 안 되는 선에서만 도와주기다."

이렇게 해서 현식은 치킨 배달을 하기 시작했다. 처음에는 이골목이 저 골목 같고 이 집이 저 집 같아 헤매기도 했으나 역시 한동네에 오래 산 이점이 효과를 발휘했다. 현식이 부지런히 배달을 다닌 덕분에 연희영양센터는 그럭저럭 자리를 잡아 갔다. 두 부자(夫子)는 그렇게 아내와 엄마를 잃은 상실감과 실직의 두려움에서 차츰 벗어나고 있었다.

"조금만 더 힘내면 빚도 갚아 나갈 수 있을 거야."

아버지는 가게 뒷방에 나란히 누운 아들에게 속삭이듯 말했다.

며칠 후, 현식이 치킨 봉지를 들고 배달을 나섰다.

"처음 가는 집인데 새로 이사 왔나?"

현식은 쪽지에 적힌 주소를 보며 골목길로 접어들었다. 그 동네는 2층 양옥집이 즐비하게 늘어선 부자 동네였다. 집집이 커다란 대문과 장식이 멋들어지게 꾸며져 있었다. 조경이 잘된 과실나무가 높은 담 너머로 가지를 드리웠다. 현식은 커다란 창이 달린 집들을 구경하며 발길을 재촉했다. 식은 치킨을 배달하는 건 연희영양센터의 수치다! 처음 가는 집이건 단골집이건 치킨은 뜨끈뜨끈할 때 배달하는 게 현식의 철칙이었다.

"여기다!"

현식이 쪽지에 적힌 주소와 대문 한구석에 조그맣게 붙어 있는 번지수를 확인하고 초인종을 눌렀다.

"예! 들어오세요."

낭랑한 대답 소리와 함께 철 대문이 철컹하고 열렸다. 현식은 마당으로 조심스럽게 들어서며 두리번거렸다. 푸른 잔디가 깔린 마당 한가운데 현무암으로 만든 징검다리가 현관문까지 얌전하게 놓여 있었다.

"치킨 왔습니다!"

현식이 현관문을 열고 들어서다 어, 하고 멈추어 섰다.

"전진우!"

"박현식!"

만 원짜리를 들고 치킨을 받으러 현관에 선 사람은 다름 아닌 같은 반 친구 진우였다. 진우도 현식을 보자 깜짝 놀라며 입을 벌렸다. 순간 현식은 뒷덜미가 화끈 달아올랐다. 현식이 머뭇거리며 치킨 봉지를 내밀었다.

"반반 무 많이. 주문 맞지?"

진우가 어색한 표정으로 봉지를 받아들며 물었다.

"새로 생긴 치킨집이 너네 집이야? 아님 알바 하니?"

현식은 진우가 내미는 만 원짜리를 받아 들며 엉거주춤 고개를 끄덕였다.

"우리 아버지가 하시는 가게야."

"진우야, 누군데 그래?"

부엌에서 진우 엄마가 고개를 내밀었다.

"엄마! 우리 반 친구예요."

진우가 반가운 목소리로 대답하자 진우 엄마가 현관으로 나왔다.

"어머! 그래? 우리 진우가 새로 생긴 치킨집에서 한번 시켜 먹어 보자고 하도 졸라서 주문했더니, 그래 넌 이름이 뭐니?"

현식은 얼른 허리를 굽혀 인사를 했다.

"박현식라고 합니다."

"현식아, 잠깐 올라와. 진우야, 뭐해. 친구 들어오라고 하지 않고."

진우 엄마는 치킨 봉지를 받아 들고 부엌으로 들어갔다.

"잠깐 앉았다 가. 부엌에 아빠도 계셔."

진우가 현식의 팔을 잡으려는데 현식이 뒤로 물러섰다.

"배달이 밀려서 얼른 가 봐야 해. 부모님께는 대신 인사드려 줘."

현식은 서둘러 빠져나왔다.

"어? 야!"

진우는 닭 쫓던 개처럼 멍한 표정이 되어 황급히 닫히는 현관문만 바라볼 뿐이었다.

현식은 부자 동네 골목을 어떻게 빠져나왔는지 기억이 없었다. 허둥지둥 큰길가로 나와 가게로 향하던 현식의 걸음이 차츰 늦추어졌다.

'왜 내가 도망치듯 나와야 하지? 죄지은 것도 없는데.'

현식은 당당하지 못한 얼굴을 같은 반 친구에게 보인 것이 속상했다. 현식과 진우는 같은 반이지만 친하게 지내는 사이는 아니었다. 성적도 차이 나고 사는 형편도 다르고 취미나 관심사도 맞는 게 없었다. 현식에게 진우는 공부도 잘하고 집안도 든든한, 그래서 담임 선생님에게 귀염 받는 우등생일 뿐이었다.

"진우야, 아까 걔랑 친하니?"

식탁 한가운데 치킨 봉지를 뜯어 펼쳐 놓던 엄마가 물었다.

진우는 닭다리를 집어 들다 고개를 갸우뚱했다.

"친하진 않은데 그렇다고 싫어하는 사이도 아니야. 그냥 반 친구야."

진우가 심드렁하게 대답하고 닭다리에 몰두하는데 아빠가 말했다.

"수험생인데 부모님 도와 치킨 배달도 하고. 배울 점이 많은 친구네."

진우는 고개를 끄덕일 뿐 별 다른 대꾸가 없었다. 치킨에 오롯이 집중하고 싶은 마음이 엉뚱한 친구의 등장으로 흐트러지는 게 불만인 표정이었다.

현식은 땀을 뻘뻘 흘리며 가게에 도착했다.

"쪼졌어? 바보같이 도망쳐 나오긴 왜 나와!"

현식이 혼잣말로 구시렁거리는데 가게 안에서 아버지 목소리가 들렸다.

"예예. 죄송합니다. 지난달 이자는 이번 주 안으로 꼭 입금하겠습니다. 예예. 정말 죄송합니다. 가게가 자리 잡아 가고 있으니…, 잘 알고 있습니다. 형편 봐주시는 거 다 알죠."

아버지는 전화기에 대고 굽신굽신 고개를 숙이고 있었다. 물어보지 않아도 뻔한 통화 내용이다. 어머니 요양원 비용을 위해 은행에서 꾼 돈을 제때 갚지 못해 독촉 전화를 받는 거다. 현식은 이 전화 때문에 '제2금융권'이란 단어를 처음 알게 되었다. 하지만 단어만 들어 봤을 뿐 그 생소한 단어를 가진 은행이 정확히 어떤 곳인지는 알지 못했다.

현식은 탁자 위에 놓인 치킨 봉지 두 개를 말없이 들었다. 배달을 다녀온 사이에 새 주문이 들어 온 모양이다. 현식은 한숨 돌릴 새도 없이 다시 가게를 나갔다.

"잠깐!"

현식이 가게로 되돌아왔다. 아버지는 여전히 전화통에다 대고 굽실거릴 뿐 아들은 안중에도 없었다. 현식은 아버지를 지나쳐 음료수 냉장고로 가 콜라 한 병을 꺼냈다. 아버지는 현식이 콜라를 꺼내 가는 걸 눈으로 좇을 뿐이었다.

현식은 치킨 두 봉지를 부리나케 배달하고 다시 양옥집 골목으로 들어섰다. 현식은 진우네 집에 가까워질수록 숨이 가빠졌다.

'이번엔 도망치지 말자.'

현식이 초인종을 누르자 진우가 뜻밖이라는 듯 대답을 하고 문을 열어 주었다.

"어. 웬일이야?"

현관으로 나오는 진우 뒤에 아저씨 한 명이 서 있었다. 물어보지 않아도 진우 아버지라는 걸 알 수 있었다.

"자, 이거 서비스 음료! 아까 빼먹고 그냥 가서 다시 온 거야."

현식이 빙그레 웃으며 콜라 병을 내밀었다.

"봉지 안에 콜라 한 캔 들어 있던데."

진우가 영문을 모르겠다는 듯 갸우뚱하는데 진우 아빠가 나섰다.

"그래, 고맙다. 이름이 현식이라고 했나?"

"예. 박현식입니다."

현식이 고개를 꾸벅 숙이자 진우 아빠가 주머니에서 5000원짜리 지폐를 하나 꺼냈다.

"자, 이거는 팁이다. 수고하는 학생에게 주는 거니까 받으렴."

현식은 뒤로 한발 물러서며 손사래를 쳤다.

"아니요. 안 주셔도 됩니다. 그 대신 앞으로도 우리 연희영양센터를 자주 애용해 주세요. 특별히 신경 써서 튀겨 드리겠습니다."

현식이 두 사람을 향해 씩 웃어 보였다. 그제야 진우도 마주 웃으며 대답했다.

"너희 집 치킨 진짜 끝내주더라. 지금 엄마 아빠랑 막 그 얘기하고 있었어."

현식은 고맙다고 말한 후 진우네 집을 나왔다. 좀 전에 정신없이 뛰던 골목을 어깨 펴고 당당히 걸었다.

시간이 흘렀다. 부지런히 벌어서 빚 갚자는 아버지의 소망은 좀처럼 꽃을 피우지 못했다. 개업 축하로 치킨을 사 가던 동네 사람들 걸음이 뜸해져서일까? 아니면 가게 벽에 붙인 텔레비전에서 끊임없이 쏟아 내는 뉴스 때문일까? 여름을 지나 가을로 접어들면서 치킨 배달 건수는 나날이 줄어들었다. 생맥주를 마시러 오는 손님들도 치킨보다는 마른안주나 번데기탕 같은 싼 메뉴를 시키는 경우가 늘었다. 아버지는 치킨을 더 맛있게 튀겨 보겠다며 치킨 프랜차이즈 연수 프로그램을 듣고 오기도 했다. 돈을 내고 듣는 강연이라며 들떠서 가게를 나서던 아버지가 돌아와 한 얘기는 현식의 기운까지 빠지게 했다.

"순 자기네 회사 광고만 하고. 프랜차이즈인지 뭔지 그거 하려면 바쳐야 하는 돈만 삼천만 원이 넘는데 내가 그런 돈이 어디 있냐."

아버지가 냉수를 들이켜는데 벽에 걸린 텔레비전에서 9시 뉴스가 나왔다.

오늘 열다섯 개의 계열사를 거느리며 매출 일조 원을 달성하던 쌍방울그룹이 최종 부도 처리되었습니다. 쌍방울은 재계 서열 오십 위권에 드는 건실한 기업으로 정평이 나 있었으나 사업 다각화 일환으로 무주리조트를 개발하면서 제이금융권에서 이천팔백칠십억 원에 달하는 기업 대출을 받아온 것으로 알려졌습니다. 지난 일월 삼십 일 한보그룹 부도를 시작으로 지금 경제계에는 줄부도 사태라는 현상이 유행병처럼 번지고 있습니다. 하루가 멀다 하고 들려오는 기업들의 부도 소식에 국민의 불안이 고조….

뉴스를 전하는 앵커의 목소리가 더없이 무거웠다. 멍한 표정으로 텔레비전을 올려다보던 아버지가 에이, 하며 고개를 돌렸다.

"나라가 저 모양인데 치킨 시켜 먹을 맛이 나겠어."

현식은 1년 가까이 잊고 살았던 불안감이 다시 고개를 드는 걸 느꼈다. 치킨집은 절대 망해서는 안 된다. 아버지가 또 실패를 맛보아서는 안 된다. 이번에 무너지면 아버지는 다시는 일어서지 못할지도 모른다. 현식에게 남은 가족이라고는 아버지가 전부였다. 돈을 못 벌어도 괜찮고 치킨 장사를 안 해도 상관없다. 아버지만 꺾이지 않으면 된다. 현식은 조마조마한 눈으로 치킨을 튀기는 아버지의 등 뒤를 바라보곤 했다.

첫눈이 소리 소문 없이 흩날리다 그쳤다. 현식은 막 교실 문을 나선 참이었다. 대학수학능력시험 그러니까 수능을 앞두고 마지막으로 한 담임 상담이었다. 이날은 부모님도 함께 참석하게 되어 있었지만 현식은 아버지에게 알리지 않았다. 담임 선생님이 현식에게 "너 대학 안 갈 거니?"라고 물었다. 현식은 그저 네, 하고 입을 다물었다.

"인마, 인문계 고등학교 졸업하고 대학을 안 가면 너 뭐 먹고 살려고 그러냐? 뭐 치킨집 사장이라도 시켜 준대, 부모님이?"

담임 선생님의 비아냥거리는 잔소리에 현식은 묵묵부답으로 일관하다 자리에서 일어섰다. 현식은 생각했다. 치킨 배달을 다니며 엉뚱한 진상 고객에게 시달리지 않았으면 방금 전 담임 선생님의 저 소리에 욱하고 대들었을지도 모른다. 그러나 현식은 이미 고까운 막말에 단련될 대로 단련된 후였다. 멀쩡한 치킨이 덜 익었다며 다 먹은 닭 뼈를 내밀며 환불을 요구하는 손님, 치킨을 찍어 먹을 소금을 빼먹고 배달했다며 콜라 1.5리터짜리를 서비스로 요구하는 손님, 분명 반반 치킨을 시켜 놓고도 왜 양념치킨으로 안 가져왔냐며 돌려보내는 손님 등등 현식이 올 한 해 상대해야 할 사람은 가지각색이었다. 덕분에 이제는 웬만한 항의에도 꿈쩍하지 않는 여유와 배포가 생겼다. 그 덕분이었을까? 대학 시험을 포기하고 일단 아버지 가게를 돕겠다고 결심하는 일은 말 그대로 일도 아니었다. 점점 더 수위를 높여 가는 빚 독촉과 지쳐 가는 아버지, 다달이 떨어지는 매상이 현식에게는 대입 수능보다 더 무거운 짐으로 어깨를 짓눌렀다.

이튿날, 진우는 엄마와 함께 담임 상담을 했다. 진우 엄마와 담임 선생님은 손발이 맞는 직장 동료처럼 진우의 입시 상황과 원서 쓰기에 대해 의견을 나누었다. 진우는 담임 선생님이 엄마 앞에서 유난히 친절하고 살갑게 군다고 느꼈다.

'당연한 거 아니야. 엄마가 우리 반 학부모 대표로 얼마나 애를 썼는데.'

진우는 가고 싶은 대학과 학과를 선택해 원서를 쓰기로 하고 교실을 나왔다.

"우선 시험부터 잘 보자. 원서 쓰는 거는 엄마한테 맡기고."

엄마는 담임 선생님이 내미는 진우의 모의고사 성적표를 보고 매우 기분이 좋아진 눈치였다.

"진우야, 오늘 저녁에 치킨 시켜 줄게. 먹고 힘내서 공부해."

"어디다 시키려고?"

진우가 학교 주차장에 세워 둔 자가용 쪽으로 걸으며 물었다.

"왜 너희 반 친구가 한다는 그 영양센터 있잖니. 거기다…."

그 말에 진우가 우뚝 멈추어 섰다.

"다른 데다 시키자."

"왜?"

"그냥. 불편해."

진우가 입맛을 다시며 엄마를 쳐다봤다. 엄마는 무슨 뜻인지 알겠다는 듯 머리를 끄덕였다.

"그럼 시장 상가에 새로 생긴 프랜차이즈 치킨집에 주문하지, 뭐."

엄마 대답에 진우가 다시 발걸음을 옮기며 경쾌하게 외쳤다.

"반반 무 많이!"

수능 날이 되었다. 진우는 우황청심환을 먹은 덕분인지 하나도 떨지 않고 차근차근 문제를 풀었다. 시험장 학교 교문 앞에 매달려 있던 엄마는 진우가 환한 웃음을 띠며 건물에서 나오자 "하느님 감사합니다"라고 외쳤다.

같은 시각 현식은 동네 놀이터 그네 위에 앉아 있었다. 수능이 끝나는 시각에 맞추어 일어날 계획이었다. 수능이 있는 날은 온 나라가 숨을 죽이고 눈치를 보는 것 같았다. 도대체 대학이 뭐라고, 대학 안 가는 사람들도 숱하게 많건만 왜 수능 날이 무슨 국경일이라도 되는 듯 호들갑을 떠는 건지 이해가 가질 않았다. 현식은 점심까지 굶고 꼬박 놀이터에서 배회하다 천천히 가게로 돌아갔다. 주방에서 닭을 토막 내고 있던 아버지가 불쑥 물었다.

"시험은 잘 봤니?"

현식은 궁금했다. 지금 저 질문은 아버지의 진심일까, 아니면 날 떠보는 말일까? 상담 후에 담임이 아버지에게 연락을 안 했을 리 없다. 현식은 멀뚱히 서서 아버지를 건너다봤다. 아버지는 현식이 표정 하나 흐트러트리지 않고 말뚝처럼 서 있는 모습을 쳐다보더니 긴 한숨을 내쉬었다.

"그럼 시험장에도 안 갔니?"

현식은 대답 대신 계산대 탁자 위에 놓인 전단지 뭉치를 집어

들었다.

"한 바퀴 돌고 올게요."

현식은 왼손에 스카치테이프를 들고 오른손에 전단 다발을 쥔 채 동네를 헤매 다녔다. 전봇대, 담벼락, 가게 귀퉁이, 공터 철조망까지 연희영양센터의 새 메뉴를 알리는 전단이 나붙었다. 불법으로 붙이는 광고지라 내일 아침이면 거리 청소부 손에 모두 뜯겨 나갈 것이다. 하지만 오늘 오후와 저녁때라도 사람들 눈에 띄면 되는 거다. 새 메뉴는 골뱅이무침, 김치전, 달걀말이였다. 치킨만으로 매상이 오르지 않아 궁여지책으로 아버지가 개발한 음식들이었다. 세 시간이 넘게 돌아다니다 온 아들을 보자 아버지가 앞치마를 풀었다.

"짜장면 먹으러 가자."

먼지와 땀범벅이 된 현식이 의자에 털썩 앉으며 물었다.

"갑자기 짜장면은 왜요? 집에 먹을 거 많은데."

"너 수능 보는 날 짜장면 사 주려고 마음먹고 있었어."

아버지가 느릿하게 대답했다.

"저 시험 안 봤어요."

현식이 툭 내뱉었다.

"알고 있다. 가자."

현식은 짤막한 대답을 끝으로 앞장서는 아버지를 조용히 따라 나섰다. 그날 현식은 오래간만에 짜장면과 탕수육을 실컷 먹었다.

*

　진우는 합격 통지서를 받아 들고 교무실을 나왔다. 담임 선생님이 진우를 따로 불러 통지서를 쥐어 주었다.

　"일 년 동안 어머님께서 학급을 위해 수고해 주신 데에 대한 인사다."

　담임 선생님은 진우를 특별히 챙겨 준다는 생색을 있는 대로 내며 대학 입학을 축하했다. 진우는 이미 며칠 전 대학 입학처에 전화로 문의해 합격 사실을 확인했다. 그래도 이렇게 종이로 된 합격증을 받으니 감회가 새로웠다. 진우는 서둘러 집으로 향했다.

　"엄마 아빠도 막상 이 합격증 보시면 눈물을 쏟으시겠지?"

　진우는 득의만만한 웃음을 지었다.

　"입학 선물로 뭐 사 달라고 할까?"

　진우 머릿속으로 여러 가지가 떠올랐다.

　'컴퓨터는 당연히 신제품으로 바꾸고 시디플레이어를 새로 사달라고 할까? 아니야, 그건 너무 약해. 양복이랑 구두는 지난주에 엄마랑 백화점 가서 샀으니까 됐고. 아! 맞다! 그걸 까먹고 있었네.'

　진우는 1년 전 아빠와 한 약속을 떠올렸다. 진우가 3학년으로 진학하자마자 아빠는 진우가 목표하는 대학에 들어가기만 하면 누나가 있는 런던을 시작으로 유럽 일주 여행을 시켜 준다고 했었다.

　'오케이! 당장 비행기 표부터 알아봐야겠다.'

진우는 버스에서 내리자마자 날아갈 듯 뛰기 시작했다. 가벼운 발걸음으로 골목을 막 들어서던 진우가 우뚝 멈추어 섰다. 골목 중간에 있는 집 대문이 활짝 열려 있었다.

"이상하다. 엄마 있을 텐데?"

진우는 여태껏 평일 대낮에 대문이 저렇게 무방비로 열려 있는 광경을 본 적이 없다. 그러고 보니 집 앞에 서 있어야 할 승용차도 보이질 않았다. 진우는 엄마가 급하게 외출하다 대문 닫는 걸 깜빡했나 싶어 얼른 달음질쳤다. 마당으로 들어선 진우는 또 한 번 화들짝 놀랐다. 활짝 열린 현관문 안 신발 벗는 자리에 못 보던 남자 구두가 즐비하게 놓여 있었다. 거실에는 양복을 입은 아저씨 서너 명이 왔다 갔다 하며 살림살이에 빨간딱지를 일일이 붙이고 있었다. 거실 한가운데에 놓인 소파에 엄마가 두 손으로 얼굴을 가리고 앉아 있었다. 눈에서 불이 번쩍한 진우가 집안으로 뛰어 들어갔다.

"엄마! 이게 다 무슨 일이에요?"

텔레비전, 오디오 세트, 흔들의자와 그 옆에 서 있는 엄마 아빠의 골프 가방, 그리고 장식장에 든 도자기, 양주, 수석까지 우표만 한 빨간딱지가 하나씩 붙어 있었다.

집 안을 제집처럼 휘젓고 다니며 딱지를 붙이던 아저씨 중 하나가 진우에게 말을 걸었다.

"학생 방에 있는 물건도 압류 들어갔으니까 함부로 옮기거나 처분하면 안 된다."

"예?"

진우는 기겁하고 제 방으로 뛰어 들어갔다. 방 안은 한마디로 가관이었다. 책상과 책장뿐만이 아니었다. 진우가 밤샘 공부를 할 때 친구가 되어 준 라디오와 곧 바꿀 계획에 있던 컴퓨터까지 돈을 주고 산 물건엔 하나도 빠짐없이 빨간딱지가 붙었다. 진우는 거실로 나가 소리쳤다.

"엄마! 아빠는요? 아빠 어디 있어요?"

아빠는 그날 밤 자정이 가까워서야 들어왔다. 진우는 그렇게 초췌한 아빠를 본 적이 없었다. 안방에서 머리를 싸매고 누웠던 엄마가 아빠를 보자마자 울음을 터트렸다. 밤은 길었다. 진우는 새벽녘이 되도록 아빠의 이야기를 들었다. 아빠는 이성적으로 침착하게 설명해 주었다. 다만 말하는 표정이 더없이 어두울 뿐이었다. 아빠 입에서 흘러나오는 말은 믿을 수 없는 이야기였고 믿고 싶지 않은 현실이었다. 아빠가 다니던 은행이 문을 닫았다. 아빠는 그동안 부실기업에 거액의 외국 자본금을 대출해 준 책임을 져야 한다고 했다. 거기다 회사에서 빌려 쓴 주택자금, 학자금 대출을 한꺼번에 갚아야 했다. 살림 곳곳에 붙은 딱지는 바로 그 빌린 돈을 갚으라는 법적인 압력을 상징했다.

"이 집 팔면 얼추 급한 불은 끌 거 같아."

"근데 요즘 집값 계속 떨어지고 통 매매가 없다는데."

엄마가 쥐어짜듯 말했다.

"급매로 내놓으면 임자가 나타나겠지."

이튿날, 일산에 사는 큰 이모가 뛰어왔다. 엄마는 언니를 보자 멈추었던 울음보를 다시 터뜨렸다. 큰 이모는 덩치만큼이나 화통한 성격의 소유자였다. 가녀린 엄마와는 대조적으로 억세고 단단했다. 평생 종로통에서 귀금속 장사를 한 관록 덕분인 듯했다.

"하늘이 무너져도 솟아날 구멍이 있다는데 네가 정신 차려야지. 그나저나 너 나한테 맡겨 놓은 패물이랑 금붙이 어떡할래? 당장 집 줄여 갈 이사 비용도 없다면서. 그거 내가 최고가로 팔아다 줄 테니까 제발 정신 좀 차려, 이것아!"

큰 이모는 엄마를 달래다 야단치다 법석을 떤 후 거실로 나왔다.

"진우야, 너 학교 됐다며?"

진우가 예, 하고 대답하자 큰 이모가 핸드백을 열었다.

"이거 우선 급한 대로 등록금 해라. 큰 이모가 빌려주는 거니까 진우 너 이제부터 네 앞길은 네 스스로 닦는 거다."

큰 이모는 엄마 패물을 이모네 가게 금고 속에 넣어 둔 게 천운이라며 커다랗게 숨을 내쉬었다. 진우는 응접탁자 위에 놓인 돈다발을 우두커니 내려다보았다.

"꾸물거릴 시간 없다. 이모가 너 대학까지 태워다 줄 테니까 가서 얼른 등록해."

큰 이모는 말을 마치자마자 벌떡 일어서 현관으로 나갔다. 진우는 머뭇머뭇하다 곁에 놓아 둔 가방에 돈다발을 넣고 따라나섰다.

큰 이모는 대학교 정문 앞에 진우를 내려놓고 갔다. 진우는 정문 안으로 길게 이어진 캠퍼스 길을 바라보았다. 그렇게도 바라던 학교다, 그렇게도 애쓰며 준비해 온 대학 생활이다. 이제 이 돈을 가지고 행정실에 가서 등록만 하면 그 순간 이 학교 새내기가 되는 것이다. 오늘이 오기를 얼마나 기다렸던가. 그러나 진우의 발은 쉽게 떨어지지 않았다. 한참을 망부석처럼 서 있던 진우가 마침내 한 발 내딛었다. 등록 마감 날짜는 앞으로도 많이 남았다. 꼭 오늘이 아니더라도 언제든 기한 내에 와서 돈을 내면 된다. 급할 거 없다. 오늘은 기왕 왔으니 캠퍼스 지리나 익혀 두자. 생각을 정리한 진우가 천천히 교문 안으로 걸어 들어갔다.

진우네에 빨간딱지가 나붙고 얼마 안 있어 IMF 구제금융 체제라는 듣도 보도 못한 단어가 온 나라를 뒤덮었다. 나라가 빚을 제대로 갚지 못해 국제기금에서 돈을 빌려 국가 부도를 막는다는 소식이었다. 국제 금융기구인 IMF는 돈을 빌려주는 대신 대한민국에 여러 가지 요구 조건을 내밀었다. 진우는 다른 말은 너무 어려워 알아듣지 못했으나 대규모 실업과 은행의 구조조정, 명예퇴직, 희망퇴직, 비정규직 전환 등등 당장 월급으로 먹고살던 서민들의 삶이 무참히 깨진다는 사실만은 선명하게 들어왔다. 경제학과에 합격을 했던 진우는 신문이나 뉴스에서 이런 단어들이 쏟아질 때마다 입학을 포기한 결정을 살짝 후회했다.

얼마 후, 진영이 런던에서 귀국했다. 커다란 여행용 가방을 끌고 집으로 들어선 진영은 비쩍 마른 엄마 무릎에 쓰러져 울음을 놓았다. 진우와 아빠는 거실에 마주 앉아 잠자코 두 모녀의 울음 섞인 대화를 엿들을 뿐이었다.

"아니, 그럼 한국에서는 아무런 낌새를 못 챘단 말이에요?"

진영이 소스라치게 놀랐다.

엄마가 대답했다.

"영국에서는 알고 있었니?"

진영의 대답이 놀라웠다. 벌써 지난 늦봄부터 한국의 국가 신용 등급 하락과 외국 자본 유출, 그로 인한 경제 불안과 대기업 줄도산 뉴스가 영국 국영 채널에서 하루도 빠짐없이 보도되었다고 했다.

"난 엄마가 아무 말 없이 전시 비용 보내 주셔서 우리 집은 상관 없는 줄 알았죠. 아빠가 다니시는 은행은 별 영향을 안 받나 보다 하고 믿고 있었는데. 근데 정말 뉴스에서 한마디도 안 했어요?"

진우가 고개를 갸웃거렸다.

"기업이 부도날 때마다 아홉 시 뉴스에 나오긴 했어."

진영이 아빠 앞에 와 앉았다.

"아빠도 정말 아무것도 모르고 계셨던 거예요?"

아빠는 부쩍 새치가 늘어난 머리를 좌우로 흔들었다.

"어떻게 그럴 수 있어요? 일 년 내내 둑이 무너지는 소리를 들으면서 발 뻗고 잠만 자는 귀머거리들도 아니고!"

진우는 누나의 힐책이 거북해지기 시작했다.

"그러는 누나는 왜 일 년 동안 아무 연락도 없었어? 런던에서 매일 뉴스에 나왔다며. 그럼 궁금하고 걱정돼서라도 물어봐야 했잖아."

"난 졸업 전시회에다 갤러리 초대전 준비하느라 눈코 뜰 새 없이 바빴단 말이야. 아까 말했잖아. 집에서 꼬박꼬박 학비를 부쳐 주니까 우리 집은 괜찮은 줄 알았다고."

진영이 애타는 소리를 늘어놓으며 훌쩍거리기 시작했다.

"엄마 나 이제 어떡해? 데뷔 문턱에서 짐 싸서 쫓겨 나왔으니 나 어떡해!"

진우는 난생처음으로 누나가 지독하게 이기적이라는 생각이 들었다. 엄마 아빠는 쓴 입맛만 다시며 대꾸가 없었다.

진우네 양옥집이 헐값에 팔렸다. 진우의 등록금은 결국 전셋집을 구하는 데 합쳐졌다. 진우가 종로 큰 이모 가게에 찾아가 돈다발을 내놓으며 부탁했다. 큰 이모는 처음엔 조카를 야단쳤으나 결국 무거운 한숨과 함께 돈을 받아 넣었다. 돈다발은 이튿날 엄마에게 전해졌으나 이모는 그저 패물 판 값이라고만 둘러댔다.

진우는 이사 날을 앞둔 저녁 식구들 앞에서 선언했다.

"엄마 아빠! 제 실력 알죠? 한두 해 늦어진다고 제 성적 떨어지지 않을 테니까 걱정 마세요."

엄마와 아빠는 아들에게 화낼 염치도 없다며 눈시울을 붉혔다. 하지만 진우는 울지 않았다. 퍼질러 앉아 짜고 있을 겨를이 없지 싶었다.

"우리 어떡하든 살아요. 나 죽고 싶지 않아."

진우는 하루가 멀다 하고 나오는 일가족 동반 자살 뉴스를 떠올리며 몸서리쳤다. 엄마 아빠는 아들의 핏기 없는, 하지만 무섭게 단단한 표정을 보더니 입술을 꾹 깨물었다.

진우 식구는 이삿짐이랄 것도 없이 가재도구와 부엌살림 몇 상자를 챙겨 다세대 주택 반지하 방으로 이사를 했다. 엄마는 방 두 개짜리 집 안에 들어서자 풀썩 주저앉더니 일어서질 못했다. 면도도 제대로 하지 못한 아빠와 풀 죽은 남매가 집 청소를 하고 살림을 정리해 넣었다. 그날 저녁, 이삿짐 정리가 대충 마무리되자 아빠가 진우와 진영을 불러 앉혔다.

"엄마도 힘들고 하니까 오늘은 이사 기념으로 치킨 시켜 먹자."

아빠가 어디다 시키지, 하며 집 밖으로 나갔다. 새로 이사 온 집에 치킨집 전단지 따위가 붙어 있을 리 없었다. 골목으로 나간 아빠는 전봇대에 붙어 있는 광고지를 보고 전화를 했다.

"반반 무 많이 이렇게 주문하면 되지?"

집으로 들어온 아빠가 억지로 웃음을 지으며 말했다. 좁디좁은 거실에 모여 앉은 세 식구가 퀭한 눈으로 아빠를 올려다보았다. 아빠는 순간 얼굴이 무섭게 굳어지며 눈가가 벌겋게 달아올랐다. 진우 눈에 분명 그래 보였다. 하지만 진우와 눈이 마주친 아빠가 얼른 몸을 돌려 싱크대 앞으로 가 섰다. 진우는 방금 본 아빠의 모습이 너무 무섭고 생경해 가슴이 조였다. 잠시 후, 누가 철 대문을 통통 두드렸다.

"치킨 왔습니다!"

진우는 그 소리에 소스라치게 놀라 방으로 뛰어 들어갔다.

"왜 그래, 진우야?"

진영이 대문을 열며 동생을 돌아봤다.

"반반 치킨 시키셨죠?"

문 사이로 얼굴을 내민 배달원은 다름 아닌 현식이었다. 현식은 진영에게 치킨 봉지를 건네주다 뒤에 앉아 있는 진우 아빠와 엄마를 보고 눈이 커다래졌다.

"여기 치킨 값이요."

진영이 만 원짜리를 내밀자 현식이 얼른 거스름돈을 내밀었다.

"맛있게 드십쇼."

현식은 돌아서 나오며 눈을 깜빡거렸다. 분명 저 비좁은 반지하 방에 있는 이들은 진우네 가족이었다. 문을 열고 치킨을 받아 든 여자는 처음 보는 얼굴이었지만 그 뒤로 앉은 아줌마와 아저씨는 틀림없었다.

"어떻게 된 거지?"

현식은 수수께끼를 푸는 아이처럼 잔뜩 미간을 찌푸리며 가게로 돌아왔다.

"나머지는 아버지가 배달할 테니 그만 들어가 쉬어라. 내일 새벽에 나가야 한다며."

주방에서 골뱅이무침을 만들던 아버지가 손짓을 했다.

"괜찮아요. 아직 열 시도 안 되었는데요."

"그 편의점 아르바이트 자리는 꼭두새벽밖에는 없다니?"

"새벽 여섯 시가 교대 시간이라는데 집에서 좀 머니까 어쩔 수 없죠. 일찍 일어나는 수밖에요."

현식은 수능이 끝나자마자 낮에 일할 아르바이트 자리를 알아보러 다녔다. 낮에는 술손님이 거의 없기 때문에 배달 인력이 따로 필요하지 않았다. 일자리는 당연히 쉽게 구해지지 않았다. 하루에 수천 명씩 실업자가 길거리로 쏟아져 나오는 IMF 시대였다. 시급이 짜기로 유명한 편의점 아르바이트 자리도 하늘의 별 따기였다. 현식은 가까스로 집에서 한 시간이나 걸리는 편의점에 일자리를 잡았다. 마을버스를 타고 지하철역까지 가서 지하철로 갈아타야 했다. 현식은 아버지가 다니지 말라고 말리자 조용히 대답했다.

"대학교 등록금 정도는 제가 벌고 싶어요."

이튿날 현식은 서둘러 집을 나섰다. 이렇게 이른 새벽에도 마을버스가 다니나 싶어 걱정을 했지만 버스 정류장에는 열 명도 넘는 사람이 줄을 서 있었다. 현식은 동이 트기 시작하는 첫새벽에 일터로 나가는 사람들을 보며 가슴이 뻐근해졌다.

'그래, 어떡하든 버티자. 언젠간 좋은 날이 오겠지.'

현식이 줄 맨 끄트머리에 가 서는데 바로 뒤에 누군가 줄 서는 기척이 느껴졌다. 현식이 무심결에 돌아보다 엇, 하며 놀랐다. 진우 아빠가 현식 뒤로 마을버스 줄에 선 것이다.

"안녕하세요!"

현식이 얼른 인사를 하자 넋 빠진 표정으로 땅바닥을 내려다보던 진우 아빠가 고개를 들었다.

"어? 누구?"

"아, 저 진우 같은 반 친구예요. 어제도 치킨 배달 갔었는데."

"아! 아! 그래. 이름이 뭐였더라."

"현식이요. 근데 어디 가세요?"

"어, 나…저, 그… 등산 가, 등산!"

현식은 진우 아빠 차림새를 살펴보았다. 겉옷은 분명 등산용 바람막이 점퍼인데 안에는 넥타이까지 맨 양복 차림이었다. 더 이상한 건 진우 아빠 발에 신겨 있는 구두였다. 반질반질하게 솔질이 된 구두가 광을 내고 있었다. 현식은 퍼뜩 이상한 낌새에 한마디 더 물었다.

"아, 등산이요? 어디로 가세요?"

"북한산이나 가 볼까 해서 말이다."

"아, 예…."

현식은 진우 아빠와 눈을 마주치다 소름이 오스스 끼쳤다. 동시에 퍼뜩 얼굴 하나가 떠올랐다. 재작년 엄마가 돌아가셨을 때 아버지 얼굴이 진우 아빠 얼굴과 겹쳐졌다. 삶을 끝내 버리려는 망상에 사로잡힌 아버지의 표정이 지금 바로 진우 아빠 얼굴에 둥둥 떠 있었다.

현식이 진우 아빠 얼굴을 살피다 돌아서는데 마을버스가 도착했다.

"먼저 타세요."

현식은 진우 아빠에게 순서를 양보하며 뒤로 섰다. 진우 아빠가 버스에 오르자 뒤에서 현식의 목소리가 들렸다.

"진우가 집에서 기다릴 테니 저녁에 일찍 들어가세요!"

순간 진우 아빠의 등이 움찔했다. 그 찰나는 현식만이 알아보는 모습이었다. 현식은 재작년 어느 날 등산을 간다고 집을 나서던 아버지의 등에다 대고 똑같이 말한 적이 있었다.

"아버지! 나 집에서 기다리니까 저녁에 빨리 들어와요!"

움찔하던 아버지의 등이 하루 종일 불안했던 현식은 밤늦게까지 잠을 자지 못하고 방 안을 서성이다 앉은 채로 까무룩 잠이 들었더랬다. 술에 잔뜩 취해 들어와 아들을 이부자리에 눕히고 그 곁에서 숨죽여 울던 아버지를 현식은 잊지 못했다.

아르바이트를 마치고 파김치가 된 현식이 가게에 들어서자 뜻밖에도 큰아버지와 큰어머니가 와 있었다.

두 사람 맞은편에 앉은 아버지의 표정이 더없이 어두웠다. 현식은 가게 안 공기가 무겁게 가라앉은 걸 감지하고 조용히 옆 테이블에 엉덩이를 걸쳤다. 현식의 등장으로 끊어졌던 대화가 이어졌다.

"너나 현식이한테는 면목이 없지만 방법이 없구나. 당장 막아야 할 돈이 일억이 넘어."

큰아버지가 앞에 놓인 소주잔을 들어 단숨에 들이켰다.

"이제 겨우 자리 잡아 가는데 갑자기 가게를 파시겠다면 전 어떡합니까."

아버지는 술잔을 들 기운도 없는지 연거푸 한숨만 내쉬었다.

현식이 화들짝 놀라 물었다.

"가게를 팔다뇨? 그럼 치킨 장사는요?"

조카의 시선을 외면하는 큰아버지 대신 큰어머니가 나섰다. 사정은 이랬다. 큰아버지는 슈퍼를 정리하고 시골로 내려갈 당시 지인의 권유에 따라 주식을 샀다. 그동안 장사를 하며 한 푼 두 푼 모아 둔 목돈을 전도유망하다는 기업에 몽땅 넣은 것이다. 증권사 매니저는 중학교 졸업이 최종 학력인 구멍가게 주인에게 어려운 경제용어를 잔뜩 늘어놓으며 바람을 넣었다. 큰아버지는 그저 노후 대책으로 이만한 투자가 없다는 말과 매니저를 소개해 준 지인을 믿었다. 하지만 IMF가 터지고 앞날이 창창하다던 기업은 하루아침에 쓰러지고 말았다. 큰아버지가 그 소식을 듣고 서울로 뛰어올라왔을 때는 이미 투자금은 흔적도 없이 사라진 후였다. 노후 자금으로 모아 둔 돈에다 대출까지 해서 산 주식이 물거품이 되어 버리자 큰아버지는 하나 남은 재산인 가게 자리를 떠올렸다.

"당장 입에 풀칠할 생활비는커녕 대출 이자 연체라도 막으려면 어쩔 수 없구나."

큰어머니가 변명처럼 중얼거렸다. 그때, 틀어 놓은 텔레비전에서 시끄러운 음악소리가 쏟아져 나왔다.

금 모으기 특별 생방송 제삼 부! 나라를 살립시다! 경제를 살립시다! 국민 여러분! 대통령께서 말씀하신 고통 분담의 일환으로 시작된 금 모으기 운동이 전국적으로 확대되고 있습니다. 집에서 잠들어 있는 돌 반지나 행운의 열쇠, 유행 지난 결혼 예물을 가지고 나와 주십시오. 나라를 살리는 데 국민의 단합 이외에는 그 어떤 방법도 없습니다.

무심코 텔레비전으로 눈을 돌리던 큰어머니 얼굴이 점점 달아올랐다. 큰어머니는 곁에 앉은 남편의 술잔에 소주를 가득 부어 단숨에 들이켜더니 말을 시작했다.

"현식아, 이 큰어미는 말이다. 세상 사는 방법이라고는 하나밖에 몰랐다. 근면 성실하면 다 되는 줄 알았어. 세상 돌아가는 켯속은 아무것도 모르고, 알려고 들지도 않고 그저 시키는 일만 묵묵히 하면 되는 줄 알았지. 네 사촌 형한테도 그렇게 가르쳤다. 지각은 큰일 나는 일이고 야근은 당연한 거고 회사를 위해 충성하면 잘살고 복 받을 거라고. 걔 지금 희망퇴직당해서 집에서 놀고 있다. 에구, 지금 생각하면 왜 학교는 세상이 그렇게 단순하게 돌아가지 않는다는 걸 가르치지 않을까? 그게 궁금하다."

고개를 숙이고 있던 아버지가 말을 받았다.

"시키는 대로 사는 게 잘못인가 보죠."

큰어머니는 핑 코웃음을 치고 텔레비전을 향해 삿대질을 했다.

"내놓으려도 내놓을 금반지가 없다! 왜 잘못은 너희 높으신 양반들이 하고 죗값은 힘없는 백성이 치르느냔 말이야!"

"어허, 이 사람이 소주 한 잔에 취했나?"

큰아버지는 누가 들을까 싶어 가게 문밖을 힐끔거리며 아내를 말렸다.

"현식 아비야, 서울살이 그만 접고 고향으로 내려가자."

아버지는 형님의 권유에 아들을 쳐다보았다. 아들의 허락을 구하는 표정이었다.

"현식아, 어쩔래? 우리 서울에서 버티려면 원룸이나 고시원 들어가야 할지도 모르는데."

가만히 어른들 얘기를 듣고 있던 현식이 입을 뗐다.

"전 여기 남을래요. 어려워도 지금까지 잘해 왔잖아요."

아버지가 큰아버지를 향해 말했다.

"형님, 현식이가 안 가겠다니 저도 서울에서 버텨 보렵니다."

*

혹독한 겨울이 지나고 봄이 왔다.

현식은 낮에는 편의점 아르바이트를 하고 저녁에는 대리운전 사무실에서 배차 담당 직원으로 일했다. 아버지는 같은 사무실 대리운전 기사로 일했다. 현식은 배차를 위한 무전에서 아버지의 기운찬 대답 소리를 듣는 게 유일한 행복이었다.

자정을 넘기고 호출 전화가 뜸해질 무렵이었다. 마침 아버지가 대리를 뛰고 막 사무실로 돌아온 때였다. 회계장부를 정리하던 사장이 책을 덮으며 말했다.

"오늘은 이달 들어 콜이 제일 많았네. 자, 기분이다. 현식아! 우리 야식으로 치킨 시켜 먹자. 그거 먹고 이 부 타임 준비해야지."

배불뚝이에 입이 거칠어 탈이지 사장은 인심도 좋고 돈도 잘 쓰는 기분파였다. 현식은 얼른 네, 하고 대답한 후 치킨집에 전화를 걸었다.

"예! 여기 신속대리운전 사무실이요. 반반 치킨 세 박스랑 무 많이 주세요!"

단골로 시켜 먹는 집이라 주소를 불러 줄 필요도 없었다. 좀 있자 "치킨 왔습니다!" 하는 소리와 함께 사무실 문이 열렸다. 현식이 치킨을 받으려 일어서다 어, 했다.

"진우야!"

오토바이 안전모를 쓴 채 치킨 세 봉지를 양손에 나눠 들고 들어오던 진우가 야, 하며 멈추어 섰다.

"현식아! 너 여기서 일해?"

"넌 뭐야? 언제 생생치킨에 취직했어?"

"취직은 무슨 배달 알반데."

진우는 시원스럽게 대답을 던지고는 탁자에 치킨 봉지를 내려 놓았다. 현식은 얼른 사무용 책상 서랍에서 돈을 꺼내 진우에게 내밀었다. 진우는 "맛있게 드십쇼"라는 인사말만 남긴 채 휭하니 사무실을 나갔다.

현식이 둘러앉은 어른들과 한창 진우 얘기를 하는데 사무실 문이 벌컥 열렸다. 현식이 깜짝 놀라 일어섰다. 진우가 콜라가 든 큰 페트병을 내밀었다.

"이거 받아! 서비스야!"

현식이 얼떨떨한 표정으로 콜라 병을 받아들었다. 진우는 현식에게 한번 씩 웃어 주고는 사무실을 나갔다. 그 언젠가 현식이 2층 양옥집 현관에서 뒤돌아 나오던 그 모습과 무척 닮아 있었다.

작가의 말

큰 병을 앓을 때였다. 독한 치료제를 몸에 흘려 넣은 후 물 한 잔 못 마시며 시간을 보냈다. 온종일 목으로 넘긴 후 토하지 않을 먹을거리를 찾아내느라 골몰했다. 고민은 대부분 아무 수확 없이 끝나고 하루해가 저물도록 빈 천장만 바라보며 누워 있었다. 반년이 넘는 시간 동안 제일 많이 한 생각은 '사람이 이렇게 먹지 않아도 죽지 않는구나'였다. 대신 아무것도 할 수 없었다. 일어서 두 발로 걷는 일조차 힘들어 아이처럼 네발(?)로 기어서 방에서 거실, 거실에서 화장실로 다녔다.

치료가 끝나고 헤아려 보니 7개월가량 밥을 밥같이 먹은 횟수가 다섯 손가락 안이었다. 그때 깨달은 바가 사람에겐 먹는 행위가 일상의 절반이라는 사실이었다. 비단 삼시 세끼를 먹는 식사 시간만을 얘기하는 게 아니다. 식탁을 차리기 위해 메뉴를 궁리하고 장을 보고 재료를 다듬고 정리하고 요리를 해서 밥상을 차리고 먹고 마시고 다시 치우고 설거지를 하는 그 평범하기 이를 데 없는 반복 노동이 통째로 날아가 버리자 하루 종일 할 일이 없었다. 그렇게 할 일이 없어지자 나라는 사람의 존재 가치도 같이 사라졌다. 나는 병상에 누워 '먹는 일'에 대한 가치를 새삼 돌아보게 되었다.

투병 생활을 마치고 얼마 안 있어 코로나19 유행이 전 세계를 휩쓸기 시작했다. 많은 나라가 전대미문의 유행병에 우왕좌왕 갈피를 못 잡고 그동안 가려졌던 민낯 혹은 밑천을 드러내는 진풍경을 연출했다. 자칭 타칭 선진국이라 일컬어졌던 나라와 국민이 보여 주는 미성숙한 대처를 보며 깜짝 놀란 사람이 나 하나는 아닐거라 믿는다. 동시에 한국 정부와 국민이 보여 준 신속하고 성숙한 대응에 또 깜짝 놀란 사람도 나 하나는 아닐 테다. 걷잡을 수 없이 확산 일로에 있던 전염병에 대비하기 시작하던 2020년 봄, 주변에서 들리던 이야기들 중 기억에 남는 말은 이런 것이었다.

"우리나라 사람들은 원체 험한 일을 많이 겪고 극복한 민족이라 이 정도 유행병은 또 너끈히 극복해 낼 거야."

2021년 현재, 델타 변이의 확산으로 코로나19는 여전히 우리 삶을 옥죄고 있다. 하지만 나는 '결국엔 해낼 거야'라는 자신감 가득한 말들을 들으며 생각한다. 도대체 이런 저력은 어디서 나오는 걸까? 무엇이 한국인을 시련 극복의 달인으로 만들었을까? 곰곰이 생각해 보니 한국인은 뭐니 뭐니 해도 '밥심'으로 버티는 이들이 아닐까 싶었다. 그것도 무슨 대단하고 값비싼 요리가 아닌 평범하고 친숙한 밥상 메뉴로 말이다. 외롭고 힘겨운 나 홀로 투병을 마치자마자 맞닥뜨린 팬데믹으로 인해 나는 다시 혼자만의 시간 속에 갇혔다. 하지만 절망하지 않았다. 절망스러운 상황에서도 포기하지 않고 버텨 낸 한국인과 그들에게 에너지가 된 음식에 대해 공부하기 시작했기 때문이다.

찐 고구마, 부대찌개, 인스턴트라면, 떡볶이, 치킨까지 한국 현대사 속에서 탄생하고 꾸준히 사랑받는 음식 다섯 가지를 통해 육이오전쟁 당시부터 1990년대까지 시대상을 10년 단위로 들여다보고자 했다. 그리하여 이 책에 실은 다섯 편의 짧은 소설은 무너진 세상에서 솟아날 구멍을 찾아내는 한국인과 그들에게 에너지가 되어 준 음식들에 대한 이야기다. 부디 이 책을 펴 든 독자에게 즐겁고 맛있는(?) 현대사 레시피가 되길 기대해 본다.

2021년 아침에 살짝 가을 기운이 감도는 바람을 맞으며
김소연